双双城恋

SHUANG
CHENG
LIAN

庄尊龙 著

陕西新华出版
太白文艺出版社·西安

图书在版编目（CIP）数据

双城恋 / 庄尊龙著. -- 西安：太白文艺出版社，
2024. 9. -- ISBN 978-7-5513-2798-5

Ⅰ. I247.5

中国国家版本馆CIP数据核字第2024E04S21号

双城恋
SHUANGCHENGLIAN

作　　者	庄尊龙	
责任编辑	张　笛	
封面设计	建明文化	
出版统筹	东方文汇（北京）出版咨询有限公司	
出版发行	太白文艺出版社	
经　　销	新华书店	
印　　刷	三河市金兆印刷装订有限公司	
开　　本	889mm×1194mm　1/32	
字　　数	98千字	
印　　张	5.875	
版　　次	2024年9月第1版	
印　　次	2024年9月第1次印刷	
书　　号	ISBN 978-7-5513-2798-5	
定　　价	58.00元	

联系电话：029-81206800

出版社地址：西安市曲江新区登高路1388号（邮编：710061）

编辑部电话：029-81205120

目
contents
录

双城恋

双城恋

萧婧走得一瘸一拐，脚下的高跟鞋硌得脚生疼。她把听课的地址搞错了，早早下了出租车，走了半站路，紧赶慢赶还是迟到了。当她确定自己到了手机定位的地址，仔细对比了场景照片和眼前的旧写字楼，问了保安，才放心地走进那栋旧写字楼。她走到走廊尽头，进了一间可以坐上百人的大讲堂，看见里面已经稀稀拉拉坐了三十几个人。

萧婧在后排人少的地方找了一个座位坐下，隔着一个座位，坐着一个戴眼镜的中年男人，安静地刷着手机。萧婧轻声问他："讲座还没开始？"

戴眼镜的男人抬头看了她一眼，摇头回答道："可能还得等等。"他带着明显的江浙口音。

这时萧婧发现前排有人扭头看她，心里不免有些小满足。

她今天的服饰打扮比较青春，化淡妆，头发扎马尾，微喇休闲裤配一双系带高跟鞋，充满朝气的样貌引人注目。自打十八岁以后，她就习惯了被陌生人关注。

萧婧坐稳后，抬眼看见大讲堂上方挂着一条巨大的红色横幅，横幅上有一排白色的大字：巨变前夜——脑科学开发与人类进化专题讲座。萧婧被"人类进化专题"这个夸张的描述逗得莞尔一笑。

"抱歉，给大家讲课的老师遇到堵车，还在路上，可能晚二十分钟到，大家先聊聊，家长们可以先互相交流一下。"一个身着深蓝色西装的销售代表带着职业的笑容对所有人说道。

本来还算安静的大讲堂里，大家开始交头接耳起来。

萧婧扭头看了一眼旁边的眼镜男人，发现那个男人也正在看着她，两个人的目光碰在一起，于是自然而然地聊了起来。

"您也对这个有兴趣？"萧婧明知故问。

"是啊！"那个眼镜中年男人坦然回答，"为了孩子嘛！"两个人不约而同地露出会心的笑容。

"你也有孩子？"眼镜男人有点不确定地问萧婧。

萧婧笑着点头说："有一个女儿，在上小学二年级。"

"你看上去好年轻！"眼镜男人真诚地夸了她一句。萧婧微微一笑，类似的赞美她听得很多，也很受用。

两个人不约而同地沉默了一会儿，萧婧有点不确定地问道："这个所谓辅助学习脑芯片装在小孩子的脑袋里，会不会有副作用？"

"副作用？从目前各方面反映的信息来看，没有。"戴眼镜男人的口气很肯定。他意味深长地看了萧婧一眼，说道："这个技术不是凭空而来，十五年前，也就是 2016 年，有个世界首富就提出过脑机接口的概念，而且他在猴子身上做过实验。当时的技术已经可以通过脑机链接指挥猴子打乒乓球。到今天，这个技术已经发展了十几年，制作芯片的材料也已经是高仿生纳米碳基材料，通过在纳米微芯片内装无线解码器，可以与人的脑电波进行交互感应，技术已经很成熟了。"

"会不会涉嫌不正当竞争？也有听人说过。"萧婧见这个戴眼镜男人很了解行情，干脆把自己一直担心的问题端了出来。

那个男人笑了，他镜片后面的眼睛里有一缕狡黠的光在闪动。

"你是不是看了最近比较火的一个 B 站视频，说国家教育主管部门已经开始关注此事？"

"对。"

"那个自媒体视频纯属炒作的啦。是这样子的，教育部出台了一个指导意见，就是'避免通过给考生大脑植入辅助学习微芯片以获取非正常竞争优势'的指导意见。这个指导意见说，每个学生在参加高考前需要填写'未通过大脑植入辅助学习微芯片获取非正常竞争优势'的承诺书。"

戴眼镜男人特意停顿了一下，见萧婧正注视着他，于是咽了一大口唾沫。萧婧注意到他的喉结动了一下，只听戴眼镜男人微微压低了声音继续说："所谓承诺书，你知道的，自己写没有就是没有，教育主管部门又不会挨个去查每个考生；再有，如果，注意这个如果……"

戴眼镜男人再次停顿，脸上露出高深莫测的笑容。

"我下面说的就是坊间传闻啦。如果——已经有个别学生，在其家长强迫下，非自愿植入芯片，注意'非自愿'这三个字，其实已经把学生的责任撇清了，应该由学生的家长承担责任，你懂的。"

萧婧听得会心地一笑。眼镜男人接着说：

"如果该学生在非自愿情况下植入了辅助学习微芯片，那么，待所有考生的高考成绩出来以后，各省市教育主管部门会专门成立一个高考评分专家小组。这个专家评分小组将根据该学生的高考成绩，酌情扣减该学生的高考分数。为啥是酌情扣减？"

"为啥？"萧婧有点着急，想知道答案。

"主要是担心你的子女因为脑袋里装了辅助学习微芯片，考试成绩太好了，挤占了那些仅仅通过自身努力就可以考上大学，尤其是可以考上好大学的那些普通考生的机会。你知道的，我们国家追求的是教育的公平，尤其不能欺负那些没有钱、不能给孩子植入辅助学习微芯片的穷学生家长。但这个酌情扣减分数就非常有学问了……"

戴眼镜男人谈得兴起，再次卖关子。他很会把握聊天节奏，萧婧已被牢牢地吸引住。

"你知道这个学问在哪里？"戴眼镜男人见萧婧美丽的大眼睛正在专注地看着他，不免有点小得意。

"不知道。"萧婧微笑地摇着头。

"高考评分专家小组也不能把已经安装了微芯片考生的成绩扣减到录取分数线以下，因为这样做，将会严重影响高考分数的权威性。所以，植入了辅助学习微芯片的考生，肯定可以上一个不错的大学。当然，如果该学生的成绩特别优异，即便高考评分专家小组扣减了一些分数以示公平，该考生上一个一流大学也是没问题的。我说的这些虽然都是坊间传闻，但可靠性还是蛮高的。"

萧婧欣慰地笑着点头。她想起自己进大讲堂之前，被那个一直殷勤联络她的销售代表领着去看了一圈芯片的价格。有

一个展柜里的芯片价格,她以为自己看错了,反复确认了几遍:

"二百万?!"

"对,这个是宣传品,不是真货。我们这里暂时没现货,只是让大家了解一下。"

"一个米粒大小的辅助学习微芯片就卖二百万?"

"这还只是微芯片的价格,不含植入手术费。你可不要大惊小怪,这是从瑞士进口的微芯片,有钱人排着队给自己的孩子脑袋里植入呢。"当时销售代表轻描淡写的话让萧婧暗自咋舌。

眼见身旁这个中年男人知识渊博,萧婧接着开启一个新话题。

"我刚了解过辅助学习微芯片的价格,现在的微芯片都贵死了。"

"贵?那是小老百姓们觉得贵,你知道有钱人都怎么玩?"中年眼镜男人反驳她。

"不知道。"萧婧也好奇有钱人怎么看待这个问题。

"有钱人都不在国内装,而是带着孩子飞到国外,给孩子做大脑植入微芯片手术,顺便家庭旅游,一个暑假搞定。"

男人突然咧嘴乐了,露出不整齐的牙齿。

"B站已经出现了关于植入高档微芯片娃的段子:'听

说你家娃装的是宝格丽的？哦，我家娃装的可是伯爵的。'只是段子啊，不完全是真实的，就是逗人一乐。"

萧婧被他说的段子逗乐了。

中年眼镜男人接着说道："据了解，这个辅助学习微芯片，目前全世界只有一家高科技公司生产的比较可靠，叫豪斯伯格脑科学技术开发有限公司。它的技术是通过模拟人类神经元组织的纳米碳基微芯片，对人类大脑产生的生物电信号进行精准的即时反应，这个技术咱们国家目前还没有。本来这家公司就是一个纯粹的高科技企业，后来他们的 CEO 根据市场需求，针对全世界有钱人推出了嫁接了奢侈品品牌的芯片，一枚小小的微芯片就卖二百万，还得飞瑞士预约做微创芯片植入手术。最近两年，我们这边把人家瑞士医院都惊到了，很多妈妈们组团带着孩子去，据说植入辅助学习微芯片的微创手术已经排到明年了，太卷了！"

萧婧笑着说："我最近听说社会上有很多批评的声音，例如，担心有坏人最终通过微芯片控制技术对植入了微芯片的人们进行遥控——这可能会给野心家创造控制人类的机会，将造成巨大的社会灾难。还有知名社会学者批评：这带来了一种新的社会不公平，涉嫌用不正当手段为参加高考的学生获取非正常竞争优势。"

"你是说那个叫张成勇的社会学家吧？"戴眼镜男人露出一脸讥讽的表情。

"快不要提他了，他都快被孩子们的家长，尤其是妈妈们骂死了。这些人总是想用道德绑架我们，孩子家长们的焦虑谁能明白？他这个所谓的大学教授总是站着说话不腰疼。"

"孩子的脑袋植入微芯片后呢？后续问题怎么解决？比如后遗症什么的？"萧婧终于提出了自己心里最担心的问题。

"肯定没有。不过，我的回答不权威，过一会儿你可以听一听来讲课的教授的回答。"

眼见萧婧还是专注地看着自己，戴眼镜男人明白了，他接着说："孩子脑袋里植入微芯片后，你需要再买一个辅助学习机，这个学习机不贵，几百块钱吧。然后，将学习机与微芯片进行链接，并激活已经植入微芯片的存储功能，这个操作非常简单。然后将学习机里的海量科学教育知识输入孩子脑袋里的微芯片，蛮容易的。几个小时后，你的孩子就是一流大学硕士的水平。"

这时，大讲堂内，销售代表异常亢奋的声音响了起来："这是今天来为大家授课的李同录教授，大家鼓掌欢迎！"

萧婧原以为会听到一个传销式的演讲，没想到是一个教授模样、温文尔雅的中年男人站在了讲台上。

那天的讲演，被称为李教授的中年男人以海量的新知识和翩翩风度征服了萧婧。她记得那位李同录教授从人类简史谈到人工智能，从人类进化谈到对大脑的科学开发，尤其最后一段非常精彩，萧婧用手机录了视频：

"未来世界是属于算法的世界。大家知道网络时代大数据搜索最热门的关键词是哪个词？对，是'焦虑'。根据'焦虑'这个关键词创造的新新人类歌曲还登上点播排行榜。为什么？现代城市人的压力太大了！尤其是有孩子的家长，也就是在座的各位爸爸妈妈们。因为在信息爆炸的时代，每个人都可能面临被时代淘汰的风险，那么，如何对抗整个时代的焦虑呢？聪明的科学家们发明了一种生命向上迭代的方式——大脑植入纳米碳基微芯片技术。大家不要以为给大脑植入纳米碳基微芯片是一个奇怪的事情，其实这是全世界脑科学开发的最前沿技术。在国外，身价过亿的大富豪们率先为自己植入可以解码脑电波信号的纳米碳基微芯片，以获取信息爆炸时代快速掌握知识的竞争优势。很简单，人家国外富豪们的认知很清楚，他们比我们普通人更早认识到，这是人类进行生命升级和进化的必由之路。"

全场响起一阵热烈的掌声，鼓掌的几乎都是妈妈们，有几个陪着一起来的爸爸也在热烈鼓掌。

萧婧当时听得心潮澎湃，她动心了，演讲后，她主动上前加了李教授的微信。

萧婧是一个单身妈妈，她有一个正在上小学二年级的女儿，孩子对学习一直不太开窍，搞得全力辅导女儿学习的萧婧差点崩溃了。刚刚过去的一个学期里，萧婧几乎倾尽全力辅导女儿学习，结果女儿在一次数学摸底考试中仅仅考了十二分。当老师要求和家长当面谈话时，萧婧近乎绝望地发现不仅仅是女儿不行，她自己也真的不行。

最让萧婧抓狂的是女儿的班主任老师，萧婧每次想起她与班主任老师见面的场景就心里不舒服。记得女儿的班主任老师和颜悦色地对她说，不能因为女儿的成绩不好而过度批评孩子，因为孩子的智商百分之八十遗传自母亲。萧婧不禁急了，未来的路那么长，这种羞辱难道要陪伴孩子一辈子？

偶然间，萧婧看到一个关于大脑植入辅助学习微芯片的报道，本来那篇报道是对国内出现微芯片地下黑市交易的批判性新闻，却让萧婧眼前一亮。她早就听人说过很多关于在读学生通过为大脑植入辅助学习微芯片，大幅提升考试成绩的坊间传闻。但萧婧一直担心这个方法会给孩子带来后遗症，而且更担心这件事不合法规，所以一直没有认真去打听。后来，随着她与孩子同学妈妈们的交流沟通越来越多，知道了教育部尚未出台禁止孩子通过大脑植入辅助学习微芯片提升考试成绩的文件，也没有法律明文规定对适龄学生植入辅助学习微芯片有什么惩罚。萧婧犹豫再三后，咨询了几家销售辅助学习微芯片的大品牌经销商。经过仔细的甄选以及与各个商家的深入沟通交流，在一个销售代表的竭力劝说下，萧婧终于想通了，她请假径直飞到上海，拜访了坊间传闻中最好的一家经营微芯片的脑科学技术开发公司。萧婧希望能以此方式结束女儿学习中遭遇的困难和痛苦，让女儿从此成为学霸，不再为以后的考试烦恼。

考察微芯片之旅结束后，萧婧在心里开始对自己和女儿的未来进行规划。作为在北京中心商业区一家国际贸易公司上班的职业白领，萧婧通过自己几年的打拼，已经成为公司的高级行政主管，月薪三万五千元，本来保证自己的小资情调生活还说得过去，但她发现自己的女儿就是一个烧钱机器。从上海回来后，萧婧盘点了一下自己的存款，不到十五万。考虑到每年要为自己和女儿买商业保险，加上每个月要还房贷月供，想起自己所了解的辅助学习微芯片价格，萧婧顿感压力倍增。

唯一让萧婧欣慰的是，数年前在北京东南五环外贷款买入的一套老旧二手房，买的时候房价四万元每平方米，现在已涨到五万二千元每平方米。自从准备给女儿植入辅助学习微芯片的想法在心里生了根，萧婧深切感觉到自己必须马上着手解决缺钱的问题。过去萧婧在这家国际贸易公司做市场开拓业务，年终往往有高额的奖金，但因为需要辅导女儿学习，萧婧向老板申请转为坐办公室的行政管理工作，因为这样可以避免经常出差，每天朝九晚五，但能拿到手的年终绩效奖金少了一大块，收入明显降低了。

不得已的情形下，萧婧偷偷为自己选了一个第二职业——在一个酒吧跳舞赚钱。

萧婧了解到的行情是，在这种酒吧跳舞一晚上可以赚三百到五百元。酒吧一般是晚上九点开始营业，凌晨两点关门。

萧婧为了避开熟人，特意选了一个离公司远一点、位于后海一个僻静之处的酒吧。这个酒吧新开张没几个月，因为位置距离后海核心酒吧区较远而客户罕至，酒吧的生意一直不太好。酒吧老板找了几个身材火辣的女模特跳舞以吸引顾客，终于让酒吧的生意红火起来。

萧婧在这个酒吧成功应聘后，每天下班先去学校接女儿回家，吃完饭后，再辅导女儿功课到九点半，然后让女儿继续学习，自己则打车到后海酒吧开始夜里的工作。她特意选了晚上十一点到凌晨两点的深夜舞档。这个深夜舞档很多女模特不愿意选，因为下班时间太晚。但对于萧婧而言正合心意，因为这个时间档大概率可以避开熟人，而且报酬更高。萧婧跳一晚上可以净赚五百元，酒吧关门后打车回到家一般是凌晨三点，洗漱后上床休息。她早上睡到六点半起床，送女儿上学，八点半到单位打卡，坐在办公室小睡一个半小时到上午十点，在写字楼一层的星巴克买早点补充体能。上紧了发条的萧婧感觉自己像一个机器战士，总结下来就是一个字：拼！

萧婧给自己拟定了一个计划：每周跳六天，一个月可以增加净收入一万二千元，一年可以增加十四万元。萧婧计划用跳舞三年所赚的钱，买下一个她看中的中档辅助学习微芯片。萧婧清楚记得经销商给的最低报价是四十万元，加上微创手术费，一共五十五万元。三年后，女儿将要小升初，按照坊间流传的关于辅助学习微芯片的宣传资料，孩子的学习从此可以开挂。萧婧下定决心，必须让她的女儿不再因为考试挂科而被老师打击，以后能上一个好大学。

本来一切已经安排妥帖，萧婧在酒吧做兼职不到半年，公司来了一个新领导曹总。萧婧感觉此人特别可恶，经常在上午九点开会，一直开到十点半。此人精通业务，有点强迫症，必须在会上把大大小小的事都安排妥帖，而且要求每个人都要汇报工作。结果，萧婧的早餐与上午补觉的节奏完全被打乱，明显感觉晚上跳舞的疲劳有点缓不过来，白天上班总是打哈欠，黑眼圈都出来了。

萧婧咬着牙继续坚持去那个酒吧跳舞。好在来喝酒聊天的客人大部分比较文明友好，这些人来聊天看舞就是图一个氛围，萧婧还没有碰到恶意骚扰她的客人，这一点让萧婧比较满意，也让她有信心继续坚持跳下去。

为了避免被熟人认出来的尴尬，萧婧一般是戴着眼罩跳舞。结果，人算不如天算，她还是遭遇到了自己最不愿意面对的意外状况。

那天，因为工作出现了小失误，萧婧被"强迫症"领导曹总叫到办公室严厉批评，萧婧憋了一肚子火，一整天都感觉憋屈。下班回家后陪女儿写作业，左右解决不了女儿作业中的问题，萧婧终于按捺不住自己，冲孩子发了一大顿火。晚上九点半刚刚准备出门，不巧赶上全楼停电，萧婧不得已赶紧安顿女儿先上床睡觉。匆忙出门后，一直搁在手包里的眼罩莫名其妙不知道丢在哪里了。

坏事一箩筐都赶到了一起，那天晚上，城市三环内奇怪地到处堵车，萧婧打车紧赶慢赶还是迟到了。

晚上十一点半，萧婧一路小跑进了酒吧，偷偷溜进更衣室化好妆，换上略显性感的表演服装。一出更衣室，正好撞见酒吧老板，萧婧以为酒吧老板肯定正在气头上，赶紧连声向老板道歉。

不料酒吧老板却没说什么。

萧婧放松不少，于是表态："多谢老板您宽宏大量，我今晚一定卖力跳！"

"赶紧去，表现好一点，我今晚给你加钱。"酒吧老板把她当成大明星了，笑得眼睛眯成一条缝。

萧婧很开心，当晚跳得非常卖力。

正在此时，一群喝得醉醺醺的客人进了酒吧。萧婧眼尖，看见最后进来的一个人很面熟，似乎就是自己的直接上级，今天白天刚在办公室训完她的曹总——公司老板用高价挖来的国际业务合伙人曹毅。

好在这群人在离她跳舞的平台较远的地方找座位坐下，开始喝酒聊起天。萧婧尽量背对着这群客人继续跳舞。

尴尬场面还是出现了，一个客人摇晃着肥硕的身体来到台前，伸手向萧婧招呼着。萧婧听这个客人说的似乎是韩语，反正也听不懂，她尽量躲着这个客人伸来的手臂继续跳，但这个客人一直在萧婧跳舞的平台边赖着不愿意走。

这时，一个人走近这个客人拉他回座位，萧婧刚好做了一个向前的动作，与刚刚走近的这个人来了一个脸对脸。

闪过的灯光映照下，两个人的脸靠得如此之近，以至于两个人都吃了一惊——萧婧看得真真切切，眼前的人正是自己的上司——曹毅！

曹毅被惊得目瞪口呆，他从没见过这么性感撩人的萧婧。萧婧赶紧做了个动作躲开了曹毅的注视，但后面的舞她跳得心烦意乱，动作也僵硬了许多。

凌晨两点，客人们渐渐散去，萧婧一直偷偷关注的那群客人也离开了酒吧。萧婧长舒一口气，赶紧跳下了舞台，进入更衣室换衣服。

酒吧的更衣室在过道尽头，萧婧换完衣服出了更衣室，正好撞上从过道一侧厕所里出来的曹毅。过道很窄，两个人在过道撞上了，萧婧实在闪不开，于是转身对着过道旁的盥洗池假装洗手。

曹毅则在盥洗池边站着，默默看着萧婧洗手，没有说话。

"你不先送客人？"萧婧实在憋不住了，她态度警惕地问曹毅。

"他们都喝了酒，非常开心，合伙打车走了。"曹毅低声回答了萧婧。他有点尴尬，好像是他自己做错了什么。

萧婧在盥洗池洗完手，曹毅也开始在盥洗池洗手，为了打破尴尬，曹毅问萧婧："过一会儿你去哪里？"

"回家。"萧婧的回答十分简短。

"那我可以送你。"

"你不是陪客人喝酒了吗？"萧婧想尽快离开曹毅，她的小心思被曹毅看破了。

"没事，我叫了代驾。"曹毅微笑着对萧婧说，萧婧隐约觉得他的笑容有点坏，不得已说道："我去跟老板打个招呼就走。"

"我在门口等你。"曹毅大咧咧说了一句。他走到酒吧的一个座位前，拿起自己的外衣，走到酒吧门口等着萧婧。

很快，两个人一前一后走在酒吧外。清凉的夜风轻柔拂面，浑圆的月亮皎洁无瑕，月光下，后海的粼粼水面与夜行人的心一起跳动，这是一个美好的夜晚……

曹毅与萧婧肩并肩走在路上，两个人一路心有默契地没说话。

走到停车场，曹毅按动车钥匙遥控，一辆漂亮的城市越野车在不远处射出灯光刺破了黑暗。萧婧注意到这款车是今年最火爆的新上市国产新能源车——翼麟，她隐约记得该车的起步价是五十万一辆。

走到车门前，曹毅颇有风度地拉开车门，萧婧低头上了车，接着曹毅招呼等候的代驾司机上车，随后他也上了车，特意与萧婧一起坐在车的后排。

代驾司机上了车，他系好安全带后颇为职业地说道："请二位扣好安全带。先生，我们去您刚才定位的地方？"

曹毅扭头对萧婧说道："你告诉他你家的地址。"

萧婧明显犹豫了一下。

"去陪我吃点夜宵。"萧婧非常轻声地嘀咕了一句，"先去你定位的地方。"

曹毅有一点诧异，心里不免升起了些许惊喜。他对代驾司机说道："去刚才定位的地方，东五环常营。"

车子在灯火璀璨的夜晚都市中疾驰起来。为了避免冷场的尴尬，曹毅向车载自动智能控制系统命令："嘿，小乐，继续播放歌单的音乐。"

几秒之后，熟悉的音乐旋律盈满了车内空间，萧婧听得心里不由得一动，想不到外表霸道总裁范儿的曹总也有一颗温软细腻的心——车里播放的歌曲正是黄静美的《不爱我的我不求》：

……

你出现得匆匆

我也刚好孤独

我们从未患难与共

谁也不愿包容

争吵喋喋不休

最后结局有始无终

……

车后座上，两个人继续保持着默契的沉默。萧婧一直偏着头望向窗外，她裸露的光润手臂，在映入车窗忽明忽暗的城市灯火中闪着光，让曹毅一时无法挪开视线。

曹毅终于抑制不住冲动，伸手轻轻攥住了萧婧的手。萧婧挣扎了一下，过了没两分钟，她偷偷抽出了自己的手。

当车路过一个购物中心广场前灯光闪烁的夜间啤酒花园时，萧婧突然说了一声："停车！"

曹毅一直在关注她，听见萧婧的话，他对代驾司机吩咐："师傅，停一下。"

代驾司机诧异地说道："还没到啊。"

"没事，就在这里停。"曹毅的口气很坚决。

"那我就要结账走了，希望您给我一个五星好评。"代驾司机停了车后，取了后备箱的自行车，消失在夜色里。

这时萧婧和曹毅都下了车。萧婧对曹毅说："就在这里吃点东西，我饿了。"

"好！"曹毅痛快地回答她。

两个人进了啤酒花园，找了一个两人的桌子坐下。萧婧坐下后并不客套，径直拿起菜单，点了一碗凉面、两个凉菜和一瓶啤酒。随后她问曹毅："你也吃点？"

曹毅微笑着摇头说道："饱了，你吃。"

萧婧注意到曹毅看着她的眼神充满怜惜，萧婧明白这目光意味着什么。她故作不懂，等服务员端上了饭菜，就埋头自顾自先吃了起来。

吃了没两分钟，萧婧突然停下筷子，态度生冷地问关注着她的曹毅："没见过一个女人吃夜宵喝酒？"

曹毅乐了："没见过这么凶的女人，你放心吃，我不抢你的。"

萧婧被逗得扑哧一声笑了，继续低头吃。

萧婧没吃几口，抬头看曹毅一副欲言又止的样子，于是再次问曹毅："想问什么？"

曹毅有点支吾了："我在想，你为什么选择那么一个地方……跳舞？"

萧婧一口气喝了杯子中的啤酒，干脆把话挑明了："我是一个拖着孩子的单身母亲。"

她停顿了一下接着说道："为了生存。"

曹毅专注地看着萧婧，一时无语。

"很奇怪吗？"萧婧见曹毅迟迟无话，追问了一句。

曹毅微微一笑："不奇怪，有点意外而已。"

"你不来一杯？"萧婧有点直愣愣地问曹毅，"也陪我喝一点？"

曹毅苦笑，他刚在酒吧已经陪几个韩国商人喝了一晚上。他点点头说道："我陪你喝点吧。不过，过一会儿我们只能打车回去了。"

"车子就扔在这里，明天来取吧，不要把生活过得像一只精准的机械表，严谨而乏味。"萧婧故意用略带挑衅的语气说道，脸上突然有了调皮的笑容。

曹毅转脸看了看周边环境，估计这个地方距离自己所住的社区应该有一站多路，如果明天早点打车过来取自己的车，也许不会被城管贴罚单。曹毅低头看了一下表，时间是凌晨两点四十分。

曹毅对自己的生活有非常有节奏的安排，他非常讨厌自己的生活节奏被打乱，也许这就是很多公司同事觉得他不好亲近的原因？但刚才萧婧说的话，让曹毅不禁哑然失笑。

曹毅端起啤酒杯喝了一口后，与萧婧聊了起来。

"真不知道你已经结婚了。"曹毅说道。

"我？未婚。"萧婧的回答再次让曹毅惊讶。"我是未婚先孕，努力混了一个本科学历，后来进入这个公司打拼到今天。"

萧婧也不知道为什么自己突然对着曹毅打开了话匣子，也许是喝了点啤酒的缘故。随后她补充了一句：

"我来自一个偏远地区的农村。"

曹毅听了没有说话。

"我母亲有五个孩子，她一直希望生一个男孩，结果前三个都是女孩，第四个是她最宠爱的男孩——我的哥哥。我是第五个，家里最多余的那一个。我在家里一直没有存在感，母亲差点把我送人。"

对面的曹毅一直安静地注视着萧婧，专注地听她讲。萧婧感觉这种安静和专注有一种奇妙的力量，于是她干脆和盘托出了自己："我刚出生时，我父亲给我取名萧静，希望我作为女孩子能安静一点，结果我却是最叛逆的一个。"

"是你自己把名字改成了萧婧？"曹毅问了一句。

"对，在办身份证时，那个民警登记成这个婧字，我觉得更符合我心中的自己，就一直用到现在。"

"名字蛮好听的。"

"其实，我曾经一直很自卑。因为我没有存在感，在家里拼命帮父母做事。六岁我就学会了帮母亲煮饭。"

萧婧不知不觉沉浸在回忆中："有一次，我在厨房煮饭，那米是妈妈一直珍藏的好米，本来是让我煮来给我哥哥吃的。我煮饭的时候，一只老鼠从屋檐上掉下来落入锅里，我吓坏了，跑出去找我妈。我妈看到后，淡定地把锅里的老鼠捞出来扔掉，把米洗了两遍后，继续煮了留给我和她自己吃。从那天起，我立志一定要离开那个贫穷的村子，永远不再受穷。"

说到这里萧婧停顿了一下，她说道："我的故事并不精彩，你没觉得烦吧？"

曹毅语气肯定地说道："没有，我觉得蛮精彩的。"

"想知道我为什么未婚但有孩子？"萧婧接着问。曹毅有点尴尬，撇嘴笑了一下，点点头。

"刚来北京的时候，没钱没亲戚，我租了地下室一个单间，遇见一个老乡，就是他。"

曹毅点头表示理解。

"当时我是中专学历，找不到工作，与他一起在一个餐馆打工。餐馆老板是他老乡，干了半年，他老乡见生意不好做，就把餐馆盘给他。我和他两个人一边干餐馆，一边用赚的钱供我继续读书，帮我实现梦想，那曾是我人生最快乐的时光。"

曹毅仍然在专注地聆听，让萧婧的倾诉有点停不下来。

"餐馆做得非常顺手，我们也赚到了买房的钱。后来我怀孕了，我们开始筹备婚礼，结果发现他出轨了。那天晚上，天下着大雨，我淋着雨一个人走在夜里的马路上，当时我只有一个念头——想被飞速往来的车撞死。"

萧婧长长出了一口气，继续说道："但最终我没有死成，成了一个单身妈妈。"萧婧对着曹毅说完积压在自己心里多年的往事，如释重负。

"你是第一个知道我这么多故事的人。"她端起啤酒杯，一口气喝干了一杯。

曹毅也端起酒杯，与萧婧碰了一下杯，说道："看来你吃了不少苦。"

"都是过去的事了，我现在过得非常开心！"

曹毅点点头说道："既然你这么坦诚，我就说说我自己。"

萧婧撇嘴一笑，表示愿意倾听。

"我生在一个偏远小镇，我第一次坐火车是十六岁，坐的是一种绿皮车，站站停，坐三十个小时才能到广州。父亲带着我第一次进广州逛购物中心，我以为自己到了天堂。"

萧婧一直用漂亮的大眼睛专注地看着曹毅，曹毅感觉很受用，继续侃侃而谈。

"那一年为了上一个好高中，我需要到镇上的学校寄宿。我去学校前，我父亲说，穷家富路，要给我多带一些钱。他为了自己的儿子上学，把开了十年跑运输的货车卖了，给我凑了三万元。记得父亲笑着对我说，这三万元，对于他也是一笔巨款，还没捂热就给我了。那个时候，我在心里发誓，以后不再向父母要钱。我在大学的四年，全靠自己打工赚学费与生活费。我没有穿过解放鞋以外的鞋，大学四年没买过书本以外的用品。大学上到第四年，我与自己暗恋的女生谈恋爱，第一次带她去麦当劳吃汉堡，女生嫌弃我小气，后来我们分手了。"

曹毅的故事萧婧明显也听进去了，她看着曹毅的眼睛专注而明亮。

"我的同学们一直拿这件事笑话我，说我是不是觉得麦当劳的那个金拱门大标志特别贵气，就带女朋友去吃。"

萧婧被逗笑了，曹毅也笑了，虽然心里泛起一阵酸楚。

"其实，麦当劳和我有一个故事，这个故事我也没有对别人说过，你是第一个听众。"

曹毅看着萧婧的眼睛，萧婧微笑着点点头，鼓励曹毅讲出来。

　　"我小时候学习成绩一直不好，而且非常叛逆，我的父亲非常忧虑，但他想了一个与我沟通的好办法。记得我上初中后，他对我说，只要我的成绩能成为班级第一，他就带我去广州，奖励我一顿麦当劳。后来我的成绩竟然成为年级第一，我父亲非常开心，带我去广州的一家购物中心吃了一顿麦当劳。我父亲还希望我考上大学后，陪我去上海吃一顿麦当劳。我考上大学的第一年，我父亲得了重病，直到去世，他的愿望也没有得以实现。"

　　萧婧一言不发，端起眼前的啤酒杯与曹毅碰了杯，两个人默契地一饮而尽。

　　"大学毕业后，我在广州打工时，为了省钱，去租地下室住。一次广州下大雨，雨水灌进了地下室，把我的床褥被子全淹了，虽然我把东西从水里捞出来了，但很快所有东西都发了霉。"

　　"你也是一个有故事的人。"萧婧的评价让曹毅认可地点点头。

　　"那年，我为了从一个大客户手里拿下大单，在医院打完点滴后连夜飞到哈尔滨。当天晚上，大客户带着四个小弟招待我。我一个人与他们五个人拼酒，把他们全灌趴下，拿下了人生第一笔大单。也就是在那一年，靠着拼了命的努力，我赚到人生的第一个一百万。三年后，我转战上海，与人合伙开了一家公司，成为董事总经理，在上海结婚生子。"曹毅给自己斟满了一杯啤酒，对着萧婧举杯，仰头一口气喝了下去。

"后来，我与妻子离婚了，房子与钱都归她，我现在孤身一人来到北京重新开始。"

"你离婚了？"

"怎么，看着不像？"

"不是，你为什么不再找一个？你条件那么好。"

"我条件好吗？"曹毅故意追问一句，他希望从萧婧嘴里听到肯定的回答。

"公司里很多女同事暗恋你，你知道吗？"萧婧美丽的大眼睛目不转睛地直视着他，让曹毅更是从心里喜欢这个女人。

萧婧接着说道："很多人猜，你曾经或者现在都是一个海王。"

"海王？"曹毅不禁苦笑摇头，"你也这么看？"曹毅明显更在意萧婧心底的看法。

萧婧摇头回答："这些年来，对男人已经无感。"为了避免尴尬，萧婧笑着补充了一句："为了孩子，我已练就金刚罗汉体。"

"可你刚才在酒吧里，真的非常性感。"曹毅直截了当地说了自己的感受。

"那是工作，仅仅是工作而已。"萧婧笑了，她举杯与曹毅碰了一下，两个人喝干了最后的啤酒。

两个人一起打车进入一个小区。

萧婧说道："我住的小区停电了，需要借你的地方冲一下澡。方便吗？"

从酒吧里双方的对话开始，曹毅已经习惯了萧婧不按常理出牌的风格。

"我的家里有点乱，你别嫌弃。"曹毅笑着说道，心里暗自庆幸家里刚刚打扫完卫生。

"没问题。"萧婧的回答干净简短。

很快，萧婧跟着曹毅来到他的住所。一进门，曹毅一边打开灯将萧婧引进客厅，一边向她介绍："进来吧。这是我租的一个两居室，你可以随便参观一下。"

萧婧走进客厅，看见屋内装修是简约大气的现代风格。屋子收拾得很干净，客厅中央的方形茶几上扔着几本管理学书籍，沙发上堆了几件衣服，略显凌乱。

曹毅有点不好意思，他快步走到沙发前，一边收着衣服一边说道："你可以把你的包放在沙发上，我马上给你烧点水。"

"我不喝水了。"萧婧似乎意识到了这是自己上司的房间，略显拘谨起来。

"嗯。"曹毅明白了，笑着对萧婧说道，"我领你参观一下我的浴室卫生间。"

萧婧跟着曹毅看了看卫生间和浴室，只见里面收拾得十分干净。壁镜架上的海洋香型香薰散发着清爽干净的味道，萧婧很喜欢这个香气。

这时，曹毅打开洗澡间的玻璃门，指着壁龛里的洗漱用品说："这些是男士的洗漱用品，你不介意也可以用。"

说完他转身出去拿电热壶烧水。

萧婧转身回客厅沙发放了自己的坤包，然后再次走进卫生间，用凉水打湿了脸，让自己清醒一些。她对着镜子审视着自己，犹豫了一分钟，下定了决心。

这时曹毅敲了敲卫生间的门，给她递进来一条白浴巾说："我的浴巾旧了，这条是昨天新买的，我还没用过，你放心用。"

浴室内，当热水喷淋而下，萧婧终于放松了自己，她尽情冲洗着自己。第一次在一个单身男上司的浴室里洗澡，这个感觉还是蛮奇特的。

萧婧裹着新浴巾刚走出洗澡间，就被曹毅紧紧地抱住了。曹毅重重地把她推到墙壁上亲吻她。

双城恋

萧婧浑身颤抖着，一阵阵令人眩晕的潮水淹没了胸口，那是一种久违的幸福的窒息感，她身体的感觉被渴望和兴奋激活，一个渴望被爱的小女人的灵魂，在男人粗鲁草率的亲吻下苏醒。

曹毅把萧婧抱起来扔到床上，两个人很快进入状态，如同久违的恋人。曹毅感觉身体内那火山喷发般的激情，将自己全身的肌肤烧得发烫，他凶猛地将萧婧按在床上，攥紧她的双手，仿佛要用全身力气捏碎这女人温软如水的身体。两个人压抑太久的灵魂和肉体，仿佛飞蛾扑火般决绝地纠缠在一起，撕扯在一起，裹卷在一起……

当汹涌的激情完全释放后，萧婧情不自禁流出了热泪……

第二天，曹毅昏昏沉沉地醒来，一看表已经是早上八点。他感觉自己要迟到，赶紧起床穿衣服，发现萧婧不知道什么时候已不辞而别。曹毅来不及多想，穿好衣服后火速打车去昨晚停车的地方取了车，一路开车赶到了公司。紧赶慢赶还是迟到了，但曹毅心里还是非常开心，他一直回味着昨晚发生的事。

上午照常开例会，曹毅希望马上见到萧婧，但发现她没在公司。

曹毅问开会的同事们："萧婧向谁请假了吗？"

下属们纷纷摇头表示没有。

一个下属特意问道："曹总，要不要我给萧婧打电话？"

曹毅下意识地说道："不用，她可能是没休息好。"

周围的下属面面相觑，以严厉著称的曹总怎么突然变得如此温柔？

开完公司例会，曹毅回到自己的办公室，在微信上问萧婧："怎么还没来公司？"

"今天上午送女儿去学校，见了孩子的老师，我一个小时后到。"

不一会儿，萧婧发给曹毅一张照片，让他不禁热血灌顶。

上半身赤裸的他躺在床上，小腹盖着一条浴巾。

"你发这个干什么？"曹毅有点气急败坏，他在微信里质问萧婧。

萧婧一直没回答他。

两个人再次见面是中午时分。曹毅正好在电梯间撞见萧婧，他有点不管不顾地把萧婧堵在电梯间角落里，压低声音再次问她："你怎么还爱拍那种照片？"

"哪种照片？"萧婧有点明知故问。

"就是你微信里发给我的那张。"曹毅被她故作无辜的表情气得有点咬牙切齿了。

"挺帅的，你对自己这么没自信？"萧婧白了他一眼，从曹毅身边飘然离开。

曹毅竟然被萧婧整得无语，不过他一转脸也笑了。庆幸自己一直比较自律，下班后总是在健身房坚持健身，身材没走形，还比较上镜。

随后是平淡的一周，萧婧似乎在躲着曹毅，而曹毅赶上几场大生意谈判，一周时间都在出差。

又是一个忙碌充实的白天，曹毅忙完后，忙里偷闲翻看手机微信。

"宝贝，祝你生日快乐！"曹毅看见萧婧在朋友圈发了这句话。

"谁的生日？"曹毅在微信里明知故问，他已经猜到了是谁的生日。

很快，萧婧回复了："蓓蓓，我女儿。"

"为什么不提前告诉我？"曹毅略带埋怨地问道。

"孩子还需要安心学习，没有搞什么活动，就为她买了一个小蛋糕。"

曹毅在微信里补了一句："明天我回京，有朋友给我快递了阳澄湖的大闸蟹，我带给你们吃，让我为蓓蓓补过一个生日。"

这也是曹毅的一个试探。他感觉这一周两个人的感情一直在降温，曹毅也不知道发生了什么情况。

微信里，萧婧明显在犹豫。

"怎么，不愿意让我去你家看看？或者，你带女儿来我这里？"曹毅憋不住继续问。

"周六吧，来我家。我需要预先收拾一下家里。"

萧婧的回答让曹毅如释重负。

周六到了。

曹毅一大早就起床，特意洗了澡，换了一件深蓝 T 恤。出门前他洒了海洋与森林混合清香的香水，然后去理发店理了发。临近中午，带着大闸蟹，按导航开车到了萧婧的家。

曹毅出了电梯门，按响门铃后，只见萧婧穿着拖鞋、身着一身宽松肥大的休闲服为他开了门。曹毅注意到萧婧特意盘着长发，露出修长的脖颈，一副居家淑女的样子。

曹毅笑着拥抱了她，对萧婧说道："你先带我参观一下吧。大闸蟹放在哪里？"

　　"你先放在餐桌上吧，过一会儿我来做。"萧婧笑着指着客厅里的一张餐桌说道。

　　两个人进了房间，曹毅把大闸蟹放在桌子上。他发现这是一个小两居室，屋子不大，被收拾得温馨干净。干湿分离的卫生间很有特点，盥洗盆周边的墙壁铺装了波西米亚风格的马赛克瓷砖。

　　曹毅笑着问萧婧："你也喜欢波希米亚的装修风格？"

　　萧婧点头笑着说道："对，蓓蓓五岁时，我曾经带她去欧洲旅游了一趟。我特别喜欢摩洛哥当地那种波希米亚风格的装饰，装修时特意选了这类建材。你怎么看这种风格？"

　　"这风格显示出一种自在随性的生活态度和对自由的向往，我也很喜欢。"曹毅语气肯定地赞赏了一番。

　　这时曹毅注意到客厅靠窗户的桌子上有一个相框，照片里萧婧在海边扭头冲着镜头笑着，侧影显得有点落寞孤单，那笑容令曹毅十分着迷。

　　这时萧婧给他递来一杯水，说："你坐在沙发上吧，家里有点小，站着反而显挤了。"

　　曹毅接过水杯说道："我还没参观完。我现在想看你冰箱上的冰箱贴，感觉非常有趣。"曹毅说着走到冰箱边上，仔细看冰箱上的各色冰箱贴。

"让你见笑了，我像个大宝宝是吧？"

"看得出你内心住着一个小女孩，没长大。"

"我有一个愿望——走遍世界，然后用世界各地的冰箱贴贴满这个冰箱门。"萧婧说着走近了曹毅，与他一起看，同时用手轻轻抚摸一块小象喷水造型的冰箱贴。

这时，一间卧室里走出来一个女孩，有点怯生生地看着曹毅。

"叫叔叔。"萧婧鼓励着那个女孩。

女孩没吭声，一扭身回了自己的房间。

萧婧笑着对曹毅说道："这是蓓蓓，她有点认生。"

曹毅问道："她八岁了吧？"

萧婧点头说道："对，刚满八岁，在上二年级。"说着话，萧婧转身去厨房围上橘色的围裙，准备开始炒菜。

曹毅跟了过去，自告奋勇地说道："让我来吧。"

萧婧伸手推开了他："你跑了那么远过来，还是我来。"

看着绾着长发的萧婧在厨房里忙碌起来，曹毅心里翻腾起温暖和感伤混杂的情绪。眼前的场景，熟悉又陌生，让曹毅有点迷醉。

终于，曹毅按捺不住心中涌动的热流，走过去，从背后轻轻环住了萧婧的腰。

萧婧停顿了一下，继续专注地切菜炒菜，同时低声说：

"你去坐着吧，菜一会儿就好。"

"大闸蟹蒸上了？"曹毅把下巴搁在萧婧的肩上，低声问道。

"蒸上了。"

"你要多炒几个菜。"曹毅提出了一个略显过分的要求，萧婧转脸嗔怪地看了他一眼。

"别忘了今天是蓓蓓的生日。"曹毅笑着解释了一句，脸上露出一副淘气的神情。

这时蓓蓓再次出了屋，怯生生地说："妈妈，我有一个字不会写。"

"等一下，妈妈去教你。"萧婧正忙着翻炒锅里的菜，回了蓓蓓一句。

曹毅走过去跟蓓蓓交流起来："蓓蓓，哪个字不会写？让叔叔教你。"

蓓蓓扑闪着大眼睛，回到自己的书桌，用嫩嫩的手指指着作业本说："是这个字。"

曹毅看了一眼笑了，说道："我来告诉你这个字应该这么写。"

看着身躯瘦小的蓓蓓专注地趴着写着作业，曹毅心中泛起一阵怜惜的痛。他拉了一把椅子坐在蓓蓓身边，专注地看她写作业。

没多久，曹毅注意到蓓蓓打起了哈欠。他问道："蓓蓓写了多长时间作业了？"

蓓蓓抬头看了一眼墙上的挂钟说："从上午七点开始到现在。"

"已经四个多小时了，蓓蓓可以休息一下。"曹毅特意大声说，好让萧婧也听见。

这时，萧婧正在把炒好的菜放在桌子上，她接了一句话："对，蓓蓓休息一下吧。让叔叔陪你玩一会儿。"

蓓蓓乖巧地放下笔。

"蓓蓓平时有什么娱乐活动？"曹毅转头问萧婧。

"没有。"萧婧有点黯然地回答，但她补充了一句，"她很喜欢听音乐。"

"选一首歌吧。"曹毅看着蓓蓓说道，"可以跟着跳起舞的那种，作业做了那么久，你要活动一下。"说着把自己的手机递给了蓓蓓。

蓓蓓用小手在手机里翻找，不一会儿，一首节奏明快的英文歌曲播放了出来。

"Trouble Is a Friend！"曹毅有点惊奇地说道，"这首

歌很棒！"

　　"这是我妈妈喜欢的歌。"蓓蓓显露出开心的样子。

　　"来，蓓蓓，跟着节奏一起跳。"曹毅率先跟着节奏扭动起身体，同时鼓励着蓓蓓跟着一起跳舞。

　　萧婧在一旁看见曹毅与蓓蓓在一起舞蹈，蓓蓓天然的呆萌可爱和曹毅故作呆憨的动作形成对比，萧婧不禁露出会心的微笑。

　　"每个孩子都是上天的礼物。"曹毅见萧婧在专注看着他们俩，于是一边跳，一边笑着对她说道。

　　"没想到你这么喜欢孩子。"萧婧欣赏地笑着说。

　　"没看出来吧，我还特别喜欢女孩。"曹毅看着萧婧认真地回答，"我希望每天把她打扮得漂漂亮亮的，像个小公主。"

　　曹毅无心的话深深刺痛了萧婧，她感觉自己的心仿佛被扎了一下，低头转身进厨房去端菜。

　　曹毅在那一瞬间似乎意识到了什么，转脸对蓓蓓说：

　　"蓓蓓，今天叔叔为你补过一个生日，你要记住，你永远是一个人见人爱的小公主。"

　　蓓蓓开心地与曹毅跳完了一整首歌曲，她把手机递还给曹毅说道："叔叔你选一首。"

　　曹毅痛快地说道："好！"

很快，手机里响起任贤齐的一首老歌——《给你幸福》。

你笑我笨，我承认

对爱我没天分

但你应该知道

我会为你奋不顾身

……

请别再隐藏

你的渴望，地久天长

……

萧婧听出来了，歌词里有曹毅藏在心里的潜台词。

很快，满满一桌丰盛的菜肴已经做好，萧婧因为曹毅的
到来，特意露了一手，做了五菜一汤。曹毅看着满满一桌子菜，
夸张地说道："太丰盛了！蓓蓓快来，今天你是主角！"

蓓蓓在餐桌边坐下后，曹毅特意坐在蓓蓓的边上，开始
为蓓蓓剥螃蟹。

坐在一旁看着他们俩专注地吃起螃蟹，萧婧心里涌起一
阵温暖和感动的热流。她禁不住突然冒出一句话："有件大事
我想跟你说……"

曹毅停下剥螃蟹的手，专注地看着萧婧。

"算了，今天不说了。"萧婧看着曹毅充满关切的目光，把到嘴边的话又咽了回去。

曹毅看着萧婧欲言又止的样子，他天生敏锐的直觉告诉自己，有一件不同寻常的大事，萧婧在刻意瞒着他……

忙碌的一天又过去了，这一天下班，曹毅与萧婧约好一起去吃晚饭。

等单位同事们陆续下班后，曹毅在自己的车里等着萧婧。很快，萧婧下了电梯，上了他的车。随着车子飞驰在路上，曹毅特意把那天的话题又勾起来。

"周六给蓓蓓过生日那天你想说的是什么大事？今天告诉我。"

"什么什么大事？"萧婧有点莫名其妙。

"你怎么忘了？"曹毅提醒她，"那天为蓓蓓过生日，你说有件大事，但你没有说出口……"

萧婧想起来了，沉吟了一下说道："改天吧。"

她欲言又止的态度让曹毅有点不高兴。

"不行，你今天必须告诉我。"曹毅执着地继续追问。

萧婧见曹毅态度坚决，觉得实在没必要隐瞒了。她就把筹划为蓓蓓植入辅助学习微芯片的事告诉了曹毅。

"那天我就是想问问你的看法，后来感觉有点太突兀了……"

"你说的大事就是这件事？"

"对。"

曹毅一皱眉，他的直觉告诉自己这里面有问题，但他不好武断地下结论，于是转着弯问："需要花费那么多钱，你打算怎么筹措？"

曹毅这句话戳到萧婧的痛处，萧婧低声说道："我不知道，可能需要卖掉房子凑钱。"

"你的房子？"

"对，也是蓓蓓的父亲留给她的。"

曹毅思索了一下说道："我感觉这事不太对劲，我认为给大脑植入微芯片辅助学习可能是一个骗局。"

"骗局？你以为那些有钱人都是傻子？"萧婧有点生气了，有时候她特别讨厌曹毅武断霸道的性格。

"你能给我讲讲给大脑植入微芯片的原理吗？"曹毅认真了。

"你先听听这个吧。"

"是什么？"

"那个李同录教授发给我的语音。"

萧婧开始为曹毅播放存在手机微信里的语音，很快，手机里响起一个中年男人的声音：

"小婧同学，我想请你注意这种芯片技术不是凭空产生的。2009 年美国 IBM 公司已经可以成功模拟大脑皮层百分之一区域。原理是通过模拟生物神经元的无线发射器，对人类大脑的生物信号进行解码，同时给予正确的反应，这个技术最早运用于帮助瘫痪病人康复。后来，神经学家试图用改变脑电波治愈癫痫等疾病。人体器官芯片则早在 2016 年就开始尝试运用。随着技术的进步，科学家发现通过大脑神经触突的微电生化反应与芯片的人工智能数据进行交互喂养，结合大脑植入辅助学习微芯片技术的运用，人类终于有了帮助大脑极速掌握海量科学知识的伟大突破性技术。这也是未来高科技发展的必然趋势。"

曹毅仔细听了这段语音，没有发现什么漏洞。他想了想说：

"但你并不知道给孩子脑袋里植入一个微芯片，会不会有后遗症，会不会出现其他问题。比如微芯片过了十年或者十五年，老化了怎么办？难道再做一次开颅手术取出来换一次？现在没有任何一家公司承诺没有后遗症，包括那家最好的什么豪斯伯格公司。"

听了曹毅的分析，萧婧有点恼火，说道："我已经决定了，这件事不用你管。"

"你和蓓蓓，我都要管。"曹毅态度坚决地说道。

萧婧突然有点情绪失控，她用手拍着副驾前面板，大声喊道："停车！我让你停车！"

曹毅被吓了一跳，赶紧把车停到路边。

萧婧一把推开副驾车门下了车，重重摔上车门后，她头也不回地往前走。这时曹毅也开了车门，大步追上去拦住了萧婧问道："你赌什么气，不能把话说清楚吗？"

萧婧仰头看着曹毅，脸上露出略带讽刺的笑："你刚才说，我和蓓蓓，你都要管？你不会是想对我说，你是为了那两个俗气的字眼吧？"

曹毅被她强硬的话说得无言以对，谁知萧婧接下来的话更让曹毅血冲脑门。

"对'爱情'我已经戒了，成年人的字典里没有爱情。"萧婧说完这句话，绕开曹毅继续向前走。

曹毅被深深刺激到了，他感觉气不打一处来，恨恨地迈开大步追上萧婧，说道：

"我终于明白那天你为什么给我发我的裸照了。"

萧婧停住脚步，转身瞪着他没说话。

"那晚你与我上床也是为了生存，是吗？回答我！"曹毅盯住萧婧的眼睛大声质问。

萧婧的脸色有些苍白，但她紧咬着嘴唇，偏偏不回答他。

让人欢喜让人忧的风格！

萧婧的倔强，让曹毅仿佛看见另一个自己，上大学时那个单纯的自己。倔强、孤独，为了一个渺茫的希望拼命去闯，只知道跟自己死磕，永远不懂叫痛和求饶。

曹毅感觉胸口莫名泛起一阵疼痛，那是心中怜惜的潮水狠狠冲击着他的胸口，让他痛到无法呼吸。他知道自己的脸色肯定不好看，但是面对着萧婧，他不好发作，只得低下头攥紧双拳，压抑着自己，避免失态。而萧婧则是一言不发，再次转身离开。

曹毅紧赶两步又追上她，一把抓住她的胳膊，扭转过她的身体，把她拉进怀里想亲吻她。萧婧一遍遍挣脱他的拥抱，躲避着他的亲吻，继续坚决地向前走，两个人就这样无声地较量着。

"萧婧，你做事，为什么从来不给自己留后路？"曹毅的双手狠狠钳住萧婧的双臂，有点气喘吁吁地说。

萧婧奋力挣脱了曹毅，说道："为了更好地生存！"

曹毅愣住了，萧婧的回答再次出乎他的意料。

"我的回答你满意吗？穷人从来就没有退路，所以，更没有资格谈所谓的生活。"萧婧几乎是喊着说出了心里的话。

其实，萧婧还有一肚子话没说出口："为了让蓓蓓可以与那些富豪的子女站在同一起跑线上，不要再像我今天这样为了一个渺茫的希望挣扎，不要再受到无端的打击和羞辱。"

但是，还有必要解释吗？真实的生活总是如此残酷而坚硬，从来不给你任何解释的机会。

当萧婧的眼光碰到曹毅出离愤怒的眼神，她心软了。

"我回答你刚才那个问题，那天晚上的确是我冲动了。"萧婧刻意躲开了曹毅直视的目光，低头说道。

那一瞬间，曹毅感到自己的心被狠狠地暴击！

但他完全没有想到，萧婧紧接着说出了更加伤害他的话。

"我相信，那晚的你也与我一样。"

说完这句话，萧婧再次从曹毅身边走开，越走越远。

这次曹毅没有再追上去，他感觉自己第一次触碰到眼前这个美丽女人近乎冷酷的坚定——那种从心底的决绝所迸发出的力量。他紧锁着眉头盯着萧婧渐渐走远的背影，陷入了沉思。

两个人的争吵发生后没过两天，萧婧就有点暗自懊悔了。她感觉自己那天把曹毅伤得太狠，正寻思如何用言语和行动挽

双城恋

回。但公司紧接着发生的一件事，让萧婧下定了破釜沉舟的决心。

公司一个工作群莫名其妙传播着几个隐藏了身份的截屏帖，说一个单身妈妈在酒吧跳舞，以色相诱惑男上司，有了男上司的偏袒，这个员工可以肆无忌惮地耽误工作。截屏帖特意没说那个单身妈妈和男上司的名字，但所有公司的人都知道这两个人是指谁。小道消息很快就沸沸扬扬，萧婧知道自己已经没有退路。

萧婧向曹毅请了一个礼拜的假，快刀斩乱麻地将卖房子的事处理好。萧婧用买家的全款提前还了房贷，最终净赚五十万。处理完房产过户后，萧婧犹豫了一天，下定决心找曹毅辞职。

萧婧来到公司后，发现一向准时的曹毅迟到了。进了曹毅的办公室，萧婧看见曹毅正坐在办公室系领带，萧婧走过去，径直把一封辞职报告递到曹毅手里。

曹毅扫了一眼辞职报告，有点诧异地问：“你要干什么？”

萧婧看见他的眼睛里有不少血丝，可能是最近没睡好，鬓角也出现了几根刺眼的白发，萧婧心里泛起一阵刺痛。但她尽量保持面无表情，声音也刻意地显得平静甚至冷淡：

“我要辞职。”

曹毅皱着眉，从头到尾看了看辞职信，他起身关上办公室的门后问道："你别闹好不好！你到底要干吗？"

"你真的不知道？"萧婧瞪着他，曹毅瞬间明白了。

"你是说最近公司的那些风言风语？"

萧婧双手交叉在胸前，眼睛看着窗外，没回答他，但怒气已经写满脸上。

"那只是一些小人的流言蜚语而已，我不在乎！"曹毅凑近萧婧，对着萧婧低声说道。

"但我在乎！"萧婧转过脸直视着他，千言万语涌到嘴边又咽了回去。

曹毅紧锁眉头盯着萧婧说道："你不要为我考虑太多……"

他突然停了下来，似乎明白了萧婧没说出口的潜台词。曹毅黯然地说："好吧，我明白了，我应该尊重你的选择。"

"那你在我的辞职报告上签字吧。"萧婧的话赌气一样紧跟着曹毅的话。

曹毅异常沉重地吐了一口气，他反身坐回座位，拿起笔签字时，感觉手中的笔非常沉重，笔迹也变得凌乱不堪。

签完字，曹毅忍不住叮嘱萧婧："你需要把我签字的辞职报告交给人力资源部，他们会尽快处理。不过，你的辞职手续办完肯定需要三五天时间。"

萧婧没有接话。

曹毅突然想起来什么，他问萧婧："你带着蓓蓓去植入微芯片后，准备到哪里把孩子带大？"

"到一个没有人认识的地方。"

萧婧的回答让曹毅心中的疑问更多了，他禁不住继续追问："一切重新开始？"

萧婧没有回答，但她用眼神把心里的话告诉了曹毅。

"你选好地方后，请你，告诉我。"无奈下，曹毅说了最后妥协的话。

萧婧拿起辞职信转身要出门。

"等等。"曹毅再次拦住了她，"你把那个李教授的名片推给我，我也去了解一下。"

紧接着，曹毅给了萧婧一个合理的解释："为了我的儿子。"

萧婧在微信里把那张名片推送给了曹毅，转身离开了他的办公室。

一周后，萧婧办妥辞职手续后，订了从上海飞瑞士的机票，带着蓓蓓来到了上海。

第二天就要飞离国内，萧婧的心里五味杂陈，花费了半天时间在购物中心买了很多必需品，蓓蓓累了，回酒店去睡午觉。萧婧想给自己放松一下，下午一个人到黄浦江边走走。

走到江边，看着旖旎的城市风景，萧婧突然感到一阵莫名的忧伤。

这么多年一直靠自己挣扎苦斗，从来没有人听过自己叫痛叫屈，萧婧感觉自己被一股巨大的委屈和莫名的心酸淹没。她是一个从来不愿顾影自怜的人，但泪水还是模糊了眼睛。

隐约中，前面江边出现一个熟悉的身影。

曹毅？萧婧在心中轻轻呼唤了一声。

"是我。"曹毅仿佛听到了她的心声，远远地打了声招呼。

眼前的曹毅穿着一件深灰色长风衣，浅色衬衫内围着一条暗格纹真丝围巾，显得俊朗帅气。

"曹总，你怎么来上海了？"萧婧一边掩饰着擦去眼泪，一边刻意用了一个比较生分的称呼。

曹毅似乎不介意她的称呼，微笑着回答："你忘了，我的儿子和他母亲在上海，我每两周过来一次，看看儿子。"

曹毅转脸望了一眼宽阔的黄浦江，继续说道："巧了，我今天在江边遛弯，远远看见你，我就过来了。"

两个人开始顺着黄浦江肩并肩散步，江风阵阵，令人心旷神怡。

走着走着，曹毅突然发问："还记得第一次见面的地方吗？

双城恋

我们就是在这美丽的黄浦江边认识的。"

"对！就是在那里。"萧婧想起他们第一次见面的情景，不禁笑了，抬手指着远处的一栋写字楼说。

"所以，我希望今天在这个地方，与你道个别，这也是我们的缘分。"曹毅看着萧婧的眼睛，认真地说。

第一次与曹毅见面的情景历历如昨，再次浮现在萧婧的眼前。

那天，萧婧跟着老板出差到上海。晚上她去闺蜜那里，和闺蜜聊到深夜，闺蜜盛情邀请她住在家里。第二天，萧婧发现自己可能要迟到，闺蜜特别仗义，坚持要开车送她。

公司预定与潜在合作伙伴进行谈判的写字楼，是位于黄浦江边的一座高档写字楼。萧婧的闺蜜开车到了江边，发现江边的道路很多是单行道，非常不好走，走错了就需要绕很远的路。

萧婧与闺蜜边走边找，蓦然发现车子刚好开过了定位的位置十几米。于是，她与闺蜜商量干脆倒车回去。车子正在倒行时，一辆黑色奔驰从后面堵住了路，奔驰里的上海司机从车里探出头向她们嚷："侬在逆行好不啦。"

"就差三米了，车要下旁边的地库，拜托让一下。"闺蜜摇下驾驶座边的车窗玻璃，探出头向后嚷了一句。

这时，从奔驰车副驾下来一个穿西装的男人，他走了过来，敲击萧婧身旁的副驾车窗玻璃。萧婧摇下车窗玻璃，发现男人的形象很干净干练。

男人对着萧婧说道："我们也要下这个地库，我是赶着要去开会，你们准备去哪里？"说话间他焦急地抬手腕看了一下表。

萧婧注意到了他手腕上的名表是"紫境"，这是一款中国著名艺术大师设计的全球限量发行艺术名表，萧婧记得自己的老板也喜欢戴这款表。

"抱歉我也要去开会，必须下这个地库。刚才我们把定位地址搞错了，车子刚刚开过几米，拜托你告诉司机让我一下，我要参加的是一个非常重要的会议，马上就要迟到了！"

萧婧一边对着男人解释，一边开始施展自己的绝技——露出八颗牙齿，绽放自己迷人的笑容。她遇到困难一直用这招，屡试不爽。

那西装男人看着她，苦笑着抱怨了几句："我也是去开一个重要的会议。但听你说完，你的会似乎更为重要。女人是颜值越高就会越发地不讲道理吗？这二者好像成正比。"

萧婧被他的幽默逗得笑出了声。

那个男人转身对奔驰司机说道："你先倒一下车。"

双城恋

那司机满脸惊讶地辩驳道："明明是她们俩在逆行！"

会议上，潜在合作伙伴的主谈判官曹总迟到了。等曹总一到，萧婧惊讶地发现，他正是刚才下地库时给自己的车让行的那个男人，不免有点尴尬。

谈判气氛十分融洽，会晤结束，双方约定律师审完合同后签署合作协议。

双方热情握手后话别。当老板走出会议室大门，萧婧小跑着紧紧跟了出去。

这时对方主谈判官曹总走到萧婧身边，拦住她笑着说道："开会前我们俩就认识了，现在加个微信吧。"

萧婧故意没有加曹总的微信，为此还找了一个拙劣的借口："抱歉曹总，我要跟上我的老板。"她不顾礼仪，闪过曹总紧赶几步，追着老板进入电梯，一溜烟走了。

已经在电梯里的老板洞察一切，下了电梯上了公司接送车后，老板严厉地批评起萧婧，口气强横且带着威胁："刚才那是对方公司董事总经理曹毅曹总，看你傲娇的，人家主动加你微信你还不理，这单生意搞砸了，你今年没奖金！"

第二年，曹毅就被老板用股权加期权高价挖来，成为国际业务合伙人之一，这件事也引起全公司轰动。曹毅到来后，恰好也是萧婧的直接上司，有时候，缘分就是这么奇妙。

工作中磕磕绊绊的事不少。一次，曹毅因为下属工作的差错当众大发雷霆。萧婧则与部门同事陆芊芊发微信聊着天，结果被曹毅直接点名问道："萧婧，我在讲话，你在那里闲聊什么？"

萧婧其实正在与陆芊芊聊："这个新上司曹总发起脾气来好帅！"

……

这时，一阵江风吹过，萧婧从回忆中回过神来。

萧婧迎着风眯起眼睛望向远方，只见几只鸽子在远处的江面上自由地飞翔。

萧婧的长发和一袭长裙在江风中飞扬，她身上隐隐散发的女人味深深打动了曹毅。曹毅感觉自己的心被一阵巨大的酸楚淹没，他尽力保持着自己的风度，微笑着说道："萧婧，我想邀你一起跳个舞。"

萧婧下意识地抱起了双臂，笑着说："跳舞？我可不会。"

"你……不会？"曹毅故作惊讶地问，随后笑了。

"那是表演型的舞蹈。"萧婧明白了曹毅的质疑，也不禁莞尔。

　　"你会踩节拍就行，慢四或者慢二，很简单。你的乐感肯定没问题。"曹毅说完，径直在手机里找了一首歌播放，音乐响了起来。

　　"《恋恋风尘》。"曹毅介绍道，"这是八六拍的一首老歌，很适合跟着跳舞。"

　　在曹毅的坚持下，萧婧与他搭起手跳了起来。萧婧在大众场合有点拘谨，跳得不放松，踩错了节拍，两次踩了曹毅的脚。

　　一曲跳完，曹毅大度地邀请萧婧再跳一曲："没事，主要是你不够放松，你选一个自己喜欢的曲子，我们再跳一曲。"

　　萧婧想了想，在手机里挑选了一首老歌——朱一龙的《人生大事》。

　　当歌曲的旋律响起，曹毅不禁微笑点头。

　　"这是一首慢四的老歌，很温暖，我也非常喜欢。"曹毅接着开玩笑说道，"不许再踩我的脚，否则我不让你飞瑞士了。"

　　萧婧听了笑着直摇头，两个人再次搭起手，萧婧似乎找到了一些感觉。

　　歌声从手机里飘出，朱一龙浑厚的男声在娓娓道来：

　　都说人生的路漫漫

可是生死就在一眨眼

都说我们还有很多很多明天

……

我爱这离合爱这悲欢

爱这烟火的人世间

对你的眷恋总让我

魂萦梦牵

……

跳着跳着，两个人的身体不知不觉靠近，以至于每次呼吸的温度都被对方的皮肤感知。萧婧有点迷醉于从曹毅手上传来的巨大温暖，她下意识地把头轻轻地抵在眼前男人的胸膛，心底突然涌起无限的渴望，多希望在这样坚实的臂弯中痛痛快快大哭一场，但她还是忍住了。

这时，路过的一对白发苍苍的男女，关注地看着他们两个在江边起舞，微笑着对他俩竖大拇指。

曹毅的右手托着萧婧的背，两个人的脸靠得如此近，曹毅再也抑制不住心中的激情，轻轻地吻着萧婧的头发。紧接着，他重重地吻她的耳朵，放肆而深情地吻。

曹毅汹涌澎湃的激情霎时淹没了萧婧，让她感觉身体有点软。萧婧刻意回避了曹毅的索吻，生怕自己从此失去破釜沉舟的勇气。

　　萧婧走了。

　　随后的两个礼拜，曹毅感觉自己的心里一直空落落的，干什么都集中不了精神。

　　一天去上海出差，曹毅坐的车堵在了路上，这时，一阵熟悉的歌声传来，让他心里不由得一动：

　　……

　　你出现的匆匆

　　我也刚好孤独

　　我们从未患难与共

　　谁也不愿包容

　　争吵喋喋不休

　　最后结局有始无终

　　不爱我的我不求

　　不是我的我不留

　　想走的人放你走

　　……

曹毅似乎想起了什么，他打开手机找到电话，拨打了李同录教授的手机号码，但没有人接。

曹毅干脆开车去了那个宏图大厦，按图索骥，上了三层，发现人去楼空。曹毅下楼问门口的保安："三层曾有一家脑科学开发科技公司？"

物业保安迟疑了一下说道："那家公司上周被查封了，好像是被人投诉了，涉嫌以虚高价格兜售商品，欺诈众多客户……"

曹毅听得心里一紧。

曹毅开始翻看微信，发现萧婧的朋友圈一直没有更新。他忍不住发微信问萧婧：

"你那里怎么样？"

没想到萧婧很快回复了："很好，这是一个微创手术。不到两个小时就做完了。"

"顺利就好。"曹毅感觉自己一直悬着的心放下了。

萧婧明显很开心，她接着发来一段语音："我运气很好，这里有一个妈妈没来。当时我从上海走之前跟她商量好的，如果她不到，我就补她的缺。今天蓓蓓做完了，我心里也踏实了。"

曹毅本来以为通话到此结束。没想到隔了几分钟，萧婧打来了视频通话。

"蓓蓓，快跟叔叔打招呼。"

曹毅在微信视频中看见纱布包着头的蓓蓓，一脸灿烂对着镜头微笑。

曹毅心里一阵难受，需要告诉萧婧自己了解到的真相吗？他把心里话忍住了。

这时他听见萧婧说："别为我们担心，我打算过几天带蓓蓓去学习滑雪，让蓓蓓开心一下，同时也开开眼界。"

镜头里，萧婧与蓓蓓同时向曹毅绽放着笑容，曹毅被她们快乐的笑容感染了。

"注意安全，蓓蓓小天使，我要看到你滑雪的英姿哦！"曹毅微笑着对蓓蓓说出了鼓励的话。

又是一个晴朗的早晨，上海的阳光格外灿烂。曹毅在酒店洗漱时，看见电视里早间新闻报道：欧洲阿尔卑斯山脉反常地出现了大规模雪暴，导致几个著名滑雪场临时关闭。

看着新闻，曹毅突然想起萧婧说过要带蓓蓓去滑雪，心里直发紧，也不知道萧婧到底去了没去。不知不觉，曹毅发觉萧婧和蓓蓓已经在自己的心中扎了根，仿佛已成为自己的亲人。

曹毅正在低头编辑给萧婧的微信时，前妻李伊雯恰巧给他打来了电话："今天你来看孩子吧。"李伊雯在电话里说道："我想去看看我父母。"

打车去往前妻家的路上，曹毅一直回忆着与萧婧交往的每一个细节。萧婧给他最大的启示，也让曹毅一直在思考的是：如何对自己的儿子尽到一个做父亲的责任。

很快，曹毅来到了李伊雯的家，在门口反复按响门铃后，儿子曹天衡跑来开了门。小家伙一见到曹毅，立即扭头跑回自己的屋子，嘴里留下一句话："老爸你坐，我还要写作业，不管你啦。"

曹毅把在路上超市买的水果放在客厅，打开冰箱找了一瓶娃哈哈开盖喝了，然后走进儿子曹天衡的房间。

曹天衡正在安静地做作业，他在学校的成绩一直不错，这点让曹毅十分满意。

陪着儿子做了一个小时的作业。曹毅起身拦住正在写作业的曹天衡说道："衡衡，今天不学习了，跟老爸出去踢足球。"

曹天衡眨着眼睛仰头看着曹毅，犹豫了一下，当他看见曹毅坚决的眼神，不禁欢欣鼓舞起来："老爸，你太棒了！我作业写得快憋屈死了，马上去？"

曹毅笑着说道：“当然是马上！现在就去。还有，你不是最喜欢巴西队球王卡扎吗？老爸跟你约定，如果你这次考试考好了，我给你买一套卡扎的队服！”

“Oh Yeah！一言为定！老爸你太棒了！”曹天衡兴奋地从椅子上蹦了起来，但一转脸，他的脸色变阴暗了，“老爸，我不能跟你出去。”

“为啥？”曹毅的眉头皱了起来。

“我的功课还没做完，妈妈回来会骂。”曹天衡的声音低了下来。

“这个你不用担心，你妈妈跟我说了，她说今天你属于我。”

食全食美

食全食美

我的鼻子天生比一般人灵敏一些。

说天生也不对，我是在参加一次飞盘活动、被一个美女扔的飞盘砸中鼻子后，嗅觉就变得格外灵敏了。

那是一次下班后，在一个露天灯光球场，我和朋友临时召集的十几个人开始热身，不到七点半，灯光球场陆续来了二十几个人。

很快，一个高个子男教练带着大家做完拉伸、基础技能训练，然后分组打比赛。

五人对五人的训练，我被分在 A 组。很快，对面 B 组的一个女生引起了我的注意。

那美女身材窈窕，细胳膊长腿，跑起来像一阵风，轻盈得像一只小鹿，不过技术很生疏，明显是一个新手。比赛越来越激烈，我开始瞄着这个美女，想找机会跟她近距离对抗一下，主动制造一个接近她的机会。

机会总是青睐有准备的人，眼看一个飞盘飞递到她手里，蓄谋已久的我三两个健步冲到她跟前。她看我冲上前封锁住了她出飞盘的角度，一着急，直接把飞盘拽我脸上了，打中了我那高挺帅气的鼻子。

当时我捂着脸泪流满面，比赛也因此停了几分钟。

那个高个子男教练走过来，尖声安慰我："没事没事，没受伤就好。"

我捂着鼻子一脸委屈地看着他，心想：敢情不是你的鼻子，怎么这么说话？

可能是看我眼泪汪汪，比较可怜，高个儿教练转头向那个对我"施暴"的女生说道："小盈，你跟这位帅哥加个微信。如果以后他的鼻子有什么问题，可以找我们。"

看来他俩挺熟，说"我们"时倍儿自然，我承认我嫉妒了。

就这样，在受伤鼻子的助攻下，我顺利加到了小盈的微信。

必须承认，我是一个看重颜值的人。近距离加微信时我发现，小盈长得实在是——太漂亮了！肤白貌美，活色生香。为了参加飞盘运动，那天她化淡妆，扎马尾，紧身运动衣裹着玲珑的身体，浑身散发着青春活力的气息，反正就是让人看一眼就沦陷。

加了小盈的微信，我们俩正式认识了。

熟悉了以后知道，小盈在一个大健身俱乐部当教练。我想报她的私教课，以便接近她。但不得不承认，小盈的外貌优势太强大了，她的私教课火爆到根本报不上名。

我认为必须转换深入了解她的路径，我偷偷浏览了小盈半年内可见的微信朋友圈，开始用我拙劣的聊天技巧，与小盈有一搭没一搭找话题聊天。

一开始她不是很热情，回复我的都是短句。慢慢我们俩熟悉了，她的话多了一些，我对她的情况了解得更深入了一些。

一天，我正在与小盈聊天，聊得很开心，我趁机问了她有关家庭背景的一些问题。

"小盈，看你的朋友圈，觉得你的家庭条件很好。"

"对啊。"隔了几分钟，小盈回复我。

"你怎么不让你老爸帮你找个好工作？"

小盈半天没搭理我，那天的尬聊结束。

我琢磨了很长时间都没明白她为什么突然变得冷淡了，但我必须承认，我真的不会聊天。

过了几天，我看她发的朋友圈，发现她情绪很好，趁机再次拉近关系。

"小盈，你那张倚靠在红墙下的照片很漂亮。"这次聊天，我决定先从赞美入手。

"哈哈，谢谢。"她很快回复了四个字，不过看起来反应一般。

"那张夕阳下有点逆光的照片，如果你的脸再向左侧转过来一点，就更立体了，照片会更生动。"我努力把话题延伸下去。

"没看出来你还会照相。"她回复时还附带了一个调皮的表情。

"我的技术马马虎虎，但很擅长拍美女。"我认为这个马屁拍得到位。

小盈迅速回复了一个笑脸表情，看来她情绪不错。

但我突然没话题了，隔了几分钟，我提出一个新话题。

"小盈，我有一个问题，你别介意。你见过比你更漂亮的人吗？"

"见过啊。"她回答得非常自然。

"谁啊？"我有点惊讶，心里也生出极大的好奇。

微信里很快发来一张照片。

这是一张双人合照。小盈明显是十二三岁年纪，脸上带着稚气，但已经可以看出来是一个大美人胚子。旁边站着一个少妇，大波浪长发，一只手搭在小盈肩上，两个人态度亲昵，明显是母女。

"那个人是你妈妈？"

"对。"

"哇塞！"我由衷地赞叹一声。

小盈妈妈的美丽可以用一个词来形容：惊为天人。那一刻，我不得不感慨遗传基因的强大。

那天聊得很愉快，但小盈没问我的鼻子怎么样，看来她并不太关心我鼻子的伤情。我的确也不好意思说鼻子突然灵了带来的烦恼。

但鼻子格外灵敏带来的烦恼是实在的。

比如，我与别人合租的房间厕所反味，以前我闻不见，所以回家后刷刷手机倒头就睡，睡得分外香甜。现在鼻子灵得让我每一次呼吸时都倍感压力，只要厕所门关不严，厕所的臭味就会滚滚而来，熏得我晚上根本睡不着。但同租的人则完全闻不见。

鼻子灵还给我添了一个毛病——不能坐油车了，甚至油电混合的都不行。这些汽车启动时喷出的汽油味熏得我直晕车。

好在纯电动新能源车越来越多，我打的出行问题不大。

更大的烦恼发生在单位。一天早上，老板在会议室召集所有员工训话。我前一天晚上打游戏熬到凌晨两点，非常困，当时坐在会议室里感觉大脑缺氧，上下眼皮不自觉地打起架来。当然，几十个人挤在一个不太大的会议室，老板也未必会关注一个支着脑袋犯困的我。

我左手支着脑袋，避免直接趴桌子上，右手握着笔装作勤奋记录状，努力强睁睡眼，有时候趁没人注意闭一会儿眼，打个盹。

彼时，老板如同打了鸡血般慷慨激昂，讲到了关键内容。我则在梦中与周公开怀畅饮，突然闻见一股浓烈的臭味，当时我就铿锵有力地问了一句："谁在放屁？"

巧了，这句话正好接在老板说的"今年我们直播带货的业绩必须冲上一个亿"那句话后面……

结果可想而知，会议室霎时间群魔乱舞，大家被逗得前仰后合。他们竟然一点不配合老板的慷慨激昂，反而把我说的话听得明明白白。

不出意外，工作没了，是我主动辞的。当众让大领导下不了台，后面的结局已经注定，不如早点自我了断。

为了摆脱鼻子过于灵敏的长期困扰，我毅然决然去一家三甲医院挂了一个专家号。

我排队进了一个耳鼻喉科诊室，一个白大褂专家正襟危坐，难得这位专家长着一张娃娃脸。

"大夫，您好年轻！"我的第一句话就非常不得体，我承认自己不会聊天。

娃娃脸专家丝毫没介意我的态度，他表情淡然地听我描述了所有病情，然后低头开了一堆单子，最后扔了四个字给我："先去检查。"说完他从眼镜后射出一道略带鄙夷的目光，那光扫过我的头皮，射向我身后的墙壁。

按流程在医院各个检查科室走了一圈，等了很长时间，我忐忑地拿着一堆检查结果的单子，再去找那个年轻专家。

"大夫，我的鼻子能治好吗？"我有点怯怯地问。

"当然。"

娃娃脸专家斩钉截铁，他的话不多，每个字都透着威严。

娃娃脸专家仔细看完所有的检查单子，转脸看着我说道："小伙子，根据检查的各项指标，你的鼻子的确比常人灵敏得多，形象地说，你的鼻子就像狗一样灵。"

这家伙，戴副眼镜，长得文质彬彬，却会转着弯骂人。我猜可能是报复我进门时对他专业水平的质疑。

我郑重提出要求："能不能让我的鼻子不这么灵敏，比如做个手术什么的？"

"应该可以做，但你要注意啊，这个手术极有可能会让你破相。你这个长得像胡歌一样的鼻子，留个疤痕就不帅了。"

没想到娃娃脸专家是一个沟通高手，他一句话打消了我的念头，保住颜值是第一要务。

鼻子格外灵敏给我造成的困扰越来越多，工作也不好找，我觉得我快抑郁了。

这天我到前门办事，偶然发现了一家猫咖。总是在网上看到撸猫可以防抑郁的视频，我决定试一下。

想不到撸猫也是一项高消费活动，撸一小时猫咪付费八十元，猫咖人气还很旺。都是些妈妈们带着孩子来，我一个胡子拉碴的大叔冲了进去，与整体氛围比较违和，但管理猫咖的小美女和小帅哥见怪不怪。

我把猫咖里的金渐层、布偶、英短、西伯利亚森林等长得好看的、模样喜兴的、不爱搭理人、躺着睡懒觉的大大小小猫咪们撸了一个遍，别说，真的解压，心情好多了。

结账时，我突然听见屋子里管理猫咖的那个小美女管理员尖叫一声，把我吓了一跳。

询问身边正在为我结账的小帅哥，小帅哥也不明所以。他进去问了问，出来跟我说："不好意思，我们那只蓝眼睛布偶丢了，所有在屋子里的人都在帮着找猫。"

我好奇地问小帅哥："就是我进门撸的那只叫'祖宗'的大肥猫？"

"对的，就是那只。"

那是一只有着湖蓝色眼睛的大布偶猫，长相非常招人喜欢，脾气还很温顺，似乎每个人都爱撸它。听说它丢了，我自告奋勇对小帅哥说："这样，我也帮你们找找。"

我神奇灵敏的鼻子派上了用场，费时不到十分钟，我找到了"祖宗"。我发现它时，它躲在两张沙发的拼缝里，两只湖蓝色的眼睛里充满了委屈，那小眼神一瞬间就打动了我。

我把它抱在怀里，向走过来的小帅哥发问："今天它看样子不太高兴。"

"它今天应该是被太多陌生人撸抑郁了，猫咪也有自己的尊严和情感。"小帅哥见怪不怪地解释。

他伸手要把我抱在怀里的猫咪接过去，"祖宗"转脸把头埋在我的胳膊里，一百个不乐意。

我没让小帅哥把猫咪抱走，接着问了他一句："明天你还让陌生人撸它啊？"

"这是它的职责，它的工作。"小帅哥回答得很坦然。

我抱着猫，见"祖宗"抬脸用无助的小眼神向我求援，一时间我理解了这个小动物的孤独与无奈。

我抱紧"祖宗"，坚定地对小帅哥说："我要见你们老板！我要买下它！"

小帅哥非常惊讶，瞪着我没说话。

"不能让它再工作了，以后只有我有资格撸他，它需要专宠和溺爱，而不是工作。去找你的老板来！"我的态度异常坚决。

"这个，恐怕不行。"小帅哥语气温柔但态度坚定地拒绝了我，再次伸手过来要抱走猫咪。

"祖宗"突然恼怒地尖叫了一声，挠了小帅哥一把。

小帅哥吃痛收回手，我趁机说："你看，你要再用强我就抱不住了，你们再丢了它我可不帮你们找。"

他服软了，问我："你究竟想干什么？"

"我就想买下这只猫咪，但我知道你说了不算，找你的老板来。"我再次重复了我的要求。

我抱着"祖宗"不撒手，猫咖的老板终于过来了。

猫咖老板也是一个很个性的人，他见到我后，与我真诚恳切地聊了半小时，核心意思就是两个字：不卖。

我被他的态度逼急了："卖还是不卖？最后问一遍。"

"我的猫咖只撸猫不卖猫。"猫咖老板回答得淡定从容。

"不卖给我，我就投诉你。"我把心一横，放了狠话，看来今天必须出大招了。

"投诉什么？我们又没有欺负你。"猫咖老板仍然是不紧不慢。

对付这类"杠头"，我还是有招的，毕竟在社会上摸爬滚打过几年。我干脆把这个"杠头"拉到一边，低声说道："很多人来这里消费没开过发票吧？我想，我可以让税务部门查查你的账。"

最终，我赢了。花了两千元，把一个猫"祖宗"请回了家。

通过每天亲近"祖宗"，我治愈了自己低迷的情绪。但鼻子特别灵的烦恼仍然顽固地存在。

我决定找别的办法解决我的问题。

这天，我在网上无聊地刷着视频，偶然间刷到一个命理学讲座视频，视频里这么说：给我你的八字，我会比你更了解你自己。

我按捺不住心中解决人生谜团的渴望，开始了线上咨询。

命理先生告诉我，我的鼻子可能会给我带来好运。

问深了，这位"大仙"又要让我续费，算了。

闷极无聊下，想起一个人，我高中的铁哥们——庞大壮。庞大壮本人和他的名字很像，又高又壮，不知道这小子最近忙什么，我打电话约他出来一起聊聊。

"都是些封建迷信的奇怪东西，你真信啊？"

几年不见，眼前的庞大壮已经成为一个非著名的剧作家，相当出乎我的意料。这小子有一个二十万粉丝的视频号，每个月有万把块钱平台流量收入，多的时候可以到十来万一个月，一年下来小日子过得很滋润。他已经是半个成功人士了，果然说话气势都不一样。

"你也学我，经营一个视频号，创建自己的私域王国。"庞大壮给了我一个建议。

"我也想，但没你那才华啊。"在成功人士面前，我必须拿出符合自己身份的谦虚态度。

"也是，我跟你不一样。"面对我的谦虚，这小子真没客气。"你是数理化学得好，其他功课也不弱，水平比较平均，所以能考上大学。我是从小偏科，数理化不好，语文太出色，天生就会讲故事。我妈说，我打小讲故事就有一堆孩子围着我，为吗？听不够啊。我——"

我粗暴地打断他的自吹自擂。

"得了，你先别吹自己了，快救救我吧！现在每年毕业一千多万大学生，劳动力市场越来越卷，我这个普通二本大学毕业的也成了水货，都快有上顿没下顿了……"

"这样，冲咱俩关系这么铁，我给你指一条路，也是我正在探索的路——拍网络短剧。"庞大壮得意地向我挑了一下眉毛。

"拍网络短剧？我可是完全不懂啊。"

"我是专家啊。你可以问我！"

"那你先给我讲讲，怎么拍？我能在里面干什么？"

"首先，你需要了解大形势，这样有助于你以饱满的激情投入前途无限的文化行业。"

"好啊，那你先说说看什么大形势。"

"你知道现在我国最火的出口产品是什么？"

"考我？谁不知道是新能源汽车啊，听说仰望 U8 在国外都卖疯了。在俄罗斯三百万一辆提不到现货。"

"其实还有一个——中文网络短剧。"庞大壮得意地为我揭了秘。

"中文网络短剧？"

"对啊，这两年中国生产的网络短剧在国外很火爆，很多我们觉得特别平常、没啥内涵的短剧，老外们迷得不要不要的，还花重金购买版权翻拍。别奇怪，这也是一种文化输出。随着咱国家国力增强，中文网络短剧将在世界影视市场占领新高地。"

"你说的这个我也略有了解，可这是一片红海啊。你怎么确保自己拍的网络短剧可以火？"

"你说得没错，这是一片红海。但是如果能从红海里杀出来，你我都能挣大钱。"

看我反应平淡，大壮腆着胖脸继续煽乎我说：

"我调查过，一部网络短剧火了，一个月收入上千万属于普通水平。你琢磨啊，拍一部短剧也就投入几十万，一个月上千万收入，投资回报率算过吗？"

我听进心里去了。"这么赚钱我有兴趣，但你得给我讲明白其中赚钱的逻辑。"

"逻辑超级简单，就是拍狗血剧，越狗血越好。什么霸道总裁爱上我，小三上位成新娘。"

"你这都什么三观啊？"我被他的"无底线"震惊了。

"现在就是流行狗血剧，越狗血越赚钱。"庞大壮倒是神色坦然。

"小三上位成新娘这种烂剧本你也写？"我心中的鄙夷明明白白地摆在脸上。

"要写成批判式的剧本！批判，批判，批判！"大壮故意夸张地声音提高八度回答我，以显得我的问题比较弱智。

仔细想想他似乎是对的，我表示服了。

庞大壮看我不说话了，接着演讲：

"我经过深入研究发现，霸总题材特别容易火。流行需要加入'一见钟情''豪门公子爱上灰姑娘'等流行元素，不在于故事情节是否合理，关键是多设计情节大反转，越不合理的大反转越让人爽。"

大壮讲得渐入佳境，仿佛看见人民币在向他招手。但他讲得越慷慨激昂，我就听得越将信将疑。

"现在资本市场也喜欢追捧这个，在股票市场'掌阅科技''中文在线''上海电影'等短剧概念股被资本追得一路涨停。"

我双手交叉，对着大壮摆出一个崇拜的姿势。"是吗？"

"还是吗？自信点，把'吗'字去掉。"大壮看出来我动心了，接着说，"我刚写完一个剧本，不到二十分钟，每三分钟一集，一集设计一个反转，故事主打一个'就是让你爽'。"

"我还是不明白，你怎么赚到钱呢？靠平台给的流量付费吗？”

"你看啊，比如你是一个观众，你就喜欢免费看……"

"我……"我一肚皮反击的话被他堵回嘴里。

"比如比如，你先别急。"庞大壮坏笑着说，"你就喜欢免费看剧。这类短剧爽剧就专治你这类人。"

"好吧，你继续。"

"当观众看到第二集，看进去了，第二集结束又有高潮起来时，咔——掐了，停播！不付费不让看后续内容。"

"这个听上去有点意思了。"

"现在剧本有了，想不想加盟？"

"我觉得可以试试。"

"那咱两分一下工，我任编剧兼导演，你可以先任制片兼男一号。"

"已经有女一号人选了？"我问道。

"你就惦记着美女。"

对庞大壮的这个批评我表示接受。

"你别忘了，你是制片人，需要负责拉赞助，就是找钱来投资！"

这厮真没客气，把最磨人、最不好干的活儿直接扔给了我。

"就咱两这草台班子，行吗？"我仍然持怀疑态度。

"不要小瞧自己，我看好你哦。"大壮用一句话打消了我的顾虑，接着他神秘地说，"不过，近期有一个活儿你肯定非常愿意参与。"

"什么活儿？"

"明天我在网上招募的准'女一号'们前来面试，你得帮帮我。前来报名面试的人太踊跃，你负责帮我筛选一批。有个好的女一号，短剧就成功了一大半。"

第二天，招募女一号的工作进展得非常不顺利。来的女演员们不是要的价码太高，就是形象气质太普通，不符合要求。

忙活了一天，一口饭没吃，一个满意的没招到。忙到深夜十点，我和大壮饿坏了，两个人一商量，今天先到此为止，庞大壮请客，一起去吃兰州拉面。

我俩正吃着面，我突然想起一个人。

我转过脸瞪着大壮，一根面条挂在嘴边没来得及下咽，把他吓一跳。

"你这么严肃地瞪着我干吗？我没比你多吃一碗。"庞大壮向我发问。

"不多废话了，关于女一号，我有一个合适的人选。"

"谁？"

我把小盈朋友圈的自拍照片展示给他看，庞大壮的眼睛变直了。小盈颜值的威力果然是不同一般。

"约她来聊聊。"庞大壮显得比较兴奋。

"约过两次，不出来。聊天还能聊。"

"能聊就能约出来，这个任务交给你了！尽快！"

领了任务回到家，我躺在床上撸着"祖宗"，突然撸出了灵感。女孩子都喜欢猫，必须借用一下"祖宗"的魅力。

说干就干，我马上拿手机给"祖宗"拍照，整理好几张看上去萌呆可爱的"祖宗"的照片，晚上给小盈发了过去。

小盈很快回复了我。

"好可爱，这个猫叫什么？"

"它叫'祖宗'。"

小盈在微信里发来一个笑脸。她问："为什么叫'祖宗'呀？"

"你瞧它那傲娇的小样儿，一副别人都欠它的臭脸，每天喂它都不给我笑脸。"我把"祖宗"傲娇的特点放大了说。

"太可爱了！被萌化了！"

靠着"祖宗"的魅力，我终于顺利约到了小盈。

我赶紧去找庞大壮商量我们与小盈见面的流程和细节。

"人是约出来了！但我约她出来见面，你一个生脸在场不合适，太尴尬。"我对大壮说了我的担心。

"不行，我必须当面跟她聊聊，看看她适不适合女一号的角色。"庞大壮瞟了我一眼，猜出了我的心理活动，赶紧编了几句话打消了我的顾虑，"你千万别误会，没别的意思。女一号必须有灵气，光有脸蛋不行。"

"好吧。"为了我俩共同的事业，我妥协了。"那这样，我和小盈先见面，聊个半小时，然后你再出场。"

"得嘞。"大壮笑得大嘴咧到了耳根。

"等一下！"我紧跟的一句把大壮差点噎着。

"怎么？"

"你这一副睡眼惺忪的样子，头发蓬乱，胡子拉碴，不修边幅，眼神透着猥琐，别把姑娘吓跑了。"

这厮真的被我的话镇住了，看来他很重视这次见面。

"你再点拨我一下，我在家里宅惯了，不了解现在的行情。"对这点大壮倒是有自知之明。

"你必须打扮得艺术家范儿一些。"我给他指明努力的方向。"你不是总自诩为未来的大师级人物吗？你看王家卫，永远戴一副墨镜，显得深不可测，这叫大师范儿。你回忆一下你爱看的经典港片，大佬们出场往往是一身长风衣，衣袂飘飘。

照我的意思，你去找一个美发馆把头发吹成大背头，胡子刮一下，也戴一副墨镜，穿长风衣，昂首挺胸，走路带风，就主打一个玉树临风。"

我和小盈约好在一个咖啡馆见面，一见面，我俩感觉就像久别重逢的老朋友一样亲切。

"最近忙不忙？"我先问她。

"不忙，我都失业了。"小盈的情绪明显不高。

"啊？怎么可能？"我表示十分不解。

"我的那家健身俱乐部效益不好，裁员了。"

"你被裁了？"我更觉得不可思议了。

小盈点头，郁闷地端起奶茶杯喝了一口。

"什么情况？你这么能为企业创造效益，怎么会被裁？"

小盈的私教课一万起步，排到年底都约不上课，这点一直让我耿耿于怀。

"没办法，今年效益不好。全俱乐部总共有三个女教练，只能留一个，老板娘亲自拍板，必须先裁我。"小盈有点委屈地说。

我正待安慰小盈几句，庞大壮不合时宜地出场了。他突然出现在我们俩的身边，着急见小盈的心情都写脸上了。

"是小盈姑娘吧？想必刚才我的制片人已经给你介绍清楚了，我就是著名网络短剧导演庞大壮，欢迎加盟网络短剧《霸总爱上红玫瑰》核心工作组。"

庞大壮哈哈乐着向小盈伸出手："我们这部剧就需要你这样的女一号。"

确立了女一号，大壮很快又给我分配了一个任务。

"这是我认识的一个老板——我的初中同学王峰总，他在迪拜干国际贸易赚了一笔大钱回国。昨晚我们俩刚见了一面，聊得非常好。王总知道我正在做网络短剧，很感兴趣。不过，他让我先见见他们公司战略投策部的总监何小威，先一起聊聊。"

大壮推给我何小威的微信名片。

"这是王总的下属何小威，专门负责企业的战略企划和投资策略研究。你去找这个人探探口风，看看有没有机会拿到一笔投资。"

拉赞助的过程出奇不顺利。

我去了三趟，前两趟没见上那个何小威。最后一趟坐一块聊了没十分钟，一个电话打断了我和何小威的谈话，何小威抱歉着说下次约见面再聊，然后起身走了。

回去以后，我对庞大壮说出了我的判断："我怎么感觉这孙子在故意刁难我。"

"也未必是他，我有一个不好的预感。"大壮的胖脸隐没在烟雾里。掐了烟，我看见他一脸的苦大仇深，一下子就明白了。

他肯定在怀疑何小威的态度冷淡有他的初中同学王峰私下授意的原因。

"你带上小盈再试试吧。"庞大壮咬着后槽牙说道，"成败在此一举。"

别说，美女的威力是无穷的。小盈与我出去拉赞助，简直是如有神助。

那个一直刁难我们的什么投策总监何小威，见了小盈，没聊三分钟，就叫他的助理拿来申请下季度投资预算的文件，痛快地签了字。

他这么做是为了在小盈面前显示自己的权力，我对他那点小心思洞若观火。不过，他主动与小盈加微信，我也没办法拦着。

没几天，何小威让小盈给我们捎话，必须在战略投策部走个过场，做一个关于剧本的介绍和投资预算的 PPT，给公司正式汇报一下。

汇报会进行得很顺利，经过提报和互动问答环节，在座所有人齐刷刷、眼巴巴望向何小威，等待他的最终意见。谁知那斯看着小盈走神了，当大家准备聆听那斯给最终意见时，他不留神对着小盈把心里的实话说了："你这么漂亮，你说了算。"

全场都惊呆了……

汇报会结束，大家握手道别，何小威握着小盈的手就不撒开，嘴里的哈喇子差点滴在小盈手上。

五十万终于到账，我们的第一部网络短剧顺利开工了。

我和庞大壮择黄道吉日，焚香拜祭天地。为了短剧成功，大壮甚至发愿吃素一个月。大家开始加班干活。

轰轰烈烈地开头，草草率率地收尾。我们的第一部网络短剧拍砸了。短剧上了平台后，基本没流量，一个月下来，肯付费的观众仅仅三十人，最终因为流量太低下架。

庞大壮约我和小盈在一家咖啡馆里开会，庞大壮率先说道："看来我们必须对这部短剧不成功的原因进行调查研究，我认为需要挨个去约已付费的观众访谈。"

看我和小盈没搭腔，他鼓励我们俩说："还是要有信心，毕竟还有三十个人付费，我特别想知道他们是怎么想的，付费看完短剧后又是什么看法。"

我们仨简单商量了一下，三十个付费观众，一个人负责联系采访十个。

给小盈分配的十个很快采访完了。我的进度慢，才约了三个采访完，属于蜗牛速。庞大壮更惨，好不容易约了一个，见面聊了十分钟，被人家认定是骗子，人家还报了警，庞大壮被警察带到局子里，不得已打电话让我们俩把他保释出来。

没办法，小盈把我们没约到的付费观众采访任务承包了。

仅差最后一个付费观众没采访，但调查报告的结论基本出来了，小盈很认真，写了一份两千字的分析报告，将失败原因归纳为三点：节奏太快了，反转不合理，台词不精彩。几乎所有付了费的观众看了没十分钟就直呼后悔。

"对不起，小盈，你拉的赞助被我们挥霍完了。"一向骄傲的庞大壮对着小盈鞠了一个大躬，真诚地说。

明显这次失败对这个自诩天才的家伙打击很大。

凌晨一点，我被手机的铃声吵醒。不出意外，是庞大壮打来的。

"什么事？"我一边问一边打着呵欠。

"来。"庞大壮就回复了我一个字。

"来干吗？"我有点不耐烦地问。

"我琢磨出一些东西，你必须来，咱俩聊聊。"

"你喝多了吧？电话里说行不行？"

"不行！必须来，赶紧来，没商量。"电话里他舌头都捋不直了，很快微信里又给我发了一个定位。

大晚上，我好不容易约上车，一路骂着这个庞大壮赶了过去。

很快，我在一个小餐馆里找到了他。餐馆快打烊了，没什么人。庞大壮坐在一个桌子边，桌子上有一个半空的白酒瓶、两个杯子、一碟花生米。

这时，一个女的走过来怯生生地说："先生，要打烊了。"我估计她是老板娘。

"打什么烊？来！"庞大壮看见我站在餐馆门口，冲我一招手，同时挥手把老板娘赶走。

我在他身边坐下，眼前的庞大壮两眼通红、一身酒气，我还没说话，只听他说道："我这几天苦思冥想。必须对得起我这一身艺术细菌。"

"行了，别吹了。你没喝高吧？"我问他。

"关键是要对得起你和小盈的付出。"大壮没回答我，自顾自说，还用胖手把桌子拍得山响。

"你还是不死心呗，别说得那么高大上。"我继续打击他。

大壮没理会我的讽刺，他说道："我是这么琢磨的，为了杀出红海，我们的短剧必须加点佐料。"

"什么佐料？"

"活色生香。"大壮神秘兮兮地压低声音。

我哼了一声，轻蔑地一撇嘴。

"你到底想说什么？"我再次打断他。

"昨晚为了找灵感，我刷遍了香港黄金时代有号召力的电影，张国荣与王祖贤的那部给了我十足的灵感。"大壮又倒了一杯酒喝了两口。

"哪部啊？"

"《倩女幽魂》。"

那部电影我看过，有些印象，主演是张国荣与王祖贤。

只听庞大壮继续说："有影评人说，这一部电影塑造了当时的亚洲电影美学。一点不夸张，有一段情节，扮演聂小倩的王祖贤不惜用换衣的春光乍泄，吸引树妖姥姥的注意力来救宁采臣，那段场景设计得太精彩了！王祖贤的玉足入水镜头，我看了不下十遍。"

"我终于明白了，你吹了半天牛，我们还得依靠小盈。"我恍然大悟道。

"你是明白人！"

我和庞大壮两个人鼓足了勇气，找到小盈，把新的创意给小盈说了。

"小盈，只有靠你了。"我和庞大壮已经做好了被小盈拒绝的准备。

"为什么？"小盈见怪不怪，非常淡定。

"难不成靠我？"庞大壮开始摆丑，他摆了一个非常夸张的姿势。

小盈没笑，为了化解尴尬，我赶紧在一旁打击他："你白送给人都没人要。"

小盈生气地扭头看着我。

我赶紧解释说："小盈，你别生气，光靠我流量肯定上不去，必须有个漂亮的女生跟我搭戏。"

小盈真生气了，她气鼓鼓地说："你们欺负人！"

她走了。

"她怎么走了？"庞大壮去厕所晃了一圈出来，故作无辜地质问我。

"我明白了，真惭愧！到现在，你的剧本改了又改没写成一个火爆剧；我的赞助拉来拉去没拉到一分钱，还真就是靠她项目才有了进展。现在，咱们两个大老爷们这样对待人家，是不是很不地道？"

"是有点，得了，这样吧，这部戏给她提成。如果戏真火了，后面我们拉她做合伙人。"

我琢磨了一下，对庞大壮说道："也不用绝望，我直觉小盈不是那种小气姑娘，她会同意的。"

庞大壮满脸不相信，他说："那你赶紧去把人家劝回来啊。"

我突然把脸拉下来，严肃地说："不行，你还没答应我。"

"答应你什么？"庞大壮一头雾水。

"如果小盈答应了出镜，谁与她搭戏？"

这个家伙果然让我问住了。

"我认为应该是我。"庞大壮真不谦虚。

不出意外，接下来我与庞大壮产生了激烈的争执。具体原因，你懂的。

"你那么胖，形象这么差，怎么跟小盈搭戏？"

"你不懂，现在爽剧都讲究反差，有反差才可爱。小盈那么漂亮，我这么……可爱。"

"不对，如果为了流量，需要男女主角儿有般配感。般配感，你这个搞剧本的人肯定知道。"

"我不知道！"庞大壮回复得理直气壮。

我知道他是故意的。

"般配感就是男女主角两个人必须很搭，搭才好看，引人入戏，愿意付费看。明白？"

小盈最终还是同意了。

庞大壮这次效率很高，连续熬了三个通宵又弄出一个新剧本。这次女主角小盈的上司霸道总裁是一个坏人，剧本情节设计了一段他和小盈扭打的戏码。

为了节约经费，我负责出演剧中的霸道总裁，与小盈搭对手戏。

那天，为了配戏，小盈特意穿了一件吊带连衣裙。

小盈太漂亮，气场太强大了。我面对着她，心在嗓子眼狂跳，呼吸差点停了，手不知道往哪里放。

"上手啊！"在一旁端着摄影机的庞大壮急得跺脚怒吼："要不然我来！"

就这样，我们晕晕乎乎拍了十来条。

"停！"

正拍着，庞大壮在远处发出一声怪叫，我听得心一颤。

"完蛋，这戏实在拍不了了，不行换人吧。"我憋不住一边对着小盈抱怨，一边拿袖子给自己擦汗。小盈细心地递来一个纸巾包。

"两个人戏很好，男一入戏了啊，保持住。"

这时，庞大壮走过来，不紧不慢地说。

"这个大气喘得，不早说。"我在心里暗骂庞大壮。

只见庞大壮走近我们俩，盯着我看，又盯着小盈看，表情非常严肃，不像是装的。

"怎么了？"我奇怪地问。

"不知道怎么回事，还是感觉不到位！"庞大壮皱着眉头说，搞得我和小盈有点不知所措。

"我找到原因了，灯光不行！"庞大壮大吼道，"灯光师，现场灯光要朦胧一点。再来拍一次！"

几番折腾之后，我们仨一起看了试拍的那一段，感觉找到了方向。

最大的问题是钱从哪里来。

山重水复疑无路，柳暗花明又一村。

认真的小盈在采访最后一组付费客户时，找到了我们梦寐以求的资金来源。

这人名字叫乐浩文，一米九的大个子，形象很帅气。

他刚出国旅游了一个月，回来就与小盈见了面。双方聊开了，"一米九"答应出钱投资拍剧，不过要先和导演聊聊。

"这个富二代什么背景？"一直在埋头专心写剧本的庞大壮听了小盈的介绍，停止了敲字，从电脑屏幕移开视线问。

"他自己介绍，他的老爹是内蒙古的一个煤老板，开矿赚了大钱。那些年钱赚得太多，于是转行投资房地产，在上海闸北一个鸟不拉屎的偏僻地方买了一整栋写字楼。当时开发那个写字楼的民企老板愁得头发都白了，终于碰到一个冤大头来接盘，两个人一拍即合，于是民企老板把写字楼成本价卖给他老爹。"小盈介绍得很详细。

"有财运的人就是不一样，三年后，闸北区划归静安区，那个本来租不出去的写字楼每年租金收入高达八位数。"

"我的天！这样也行？！"我和庞大壮情不自禁同时发出感叹。

"乐浩文是煤老板家的老三。他们家老大子承父业，继续开矿，老二经营着写字楼和餐饮业，作为老三的他对老爹的所有产业都不感兴趣，一心想进入文化产业。"

"他不是看上你了吧？怎么跟你什么都说？"

"别乱讲。这个乐浩文有一个小女友。真是一物降一物，你别看乐浩文一米九的大个子，在他小女友面前就是一只乖顺的小绵羊。"

"太好了！"庞大壮大吼一声，以拳击掌，发出一声脆响。然后他站起身对着空气打了一趟拳。

"慢着，你先别上头！"我赶紧把兴奋到云端的庞大壮拉回地面。

"为了确保能拿下富二代，我们也要用三十六计。"我告诫庞大壮。

"怎么讲？"庞大壮表示完全没明白。

"你是导演，不能先出场，那样显得我们太低级。"我点拨他。

"我和小盈先与他聊，摸摸对方底牌，把需要拍板的部分空着，不给他承诺，方便进退。大家比较有诚意了，你再出场一锤定音。"

我说完自己设计的见面程序，认为我的智商堪比诸葛亮。

庞大壮同意了我的建议。

很快，我和小盈与乐浩文顺利在一家星巴克见了面。

乐浩文，代号"一米九"十分痛快，他神色坦然地对我们说：

"我可以出五十万，但我必须是男一，而我的她……"随后他冲身边的小女友一努嘴："她必须是女一。"

他就像那种地主家的少爷，太有钱且被惯坏了，习惯了什么都是别人端到手里，就是喝碗粥也得先吹温乎了再递过去，不能烫着也不能凉着。

我打量了一下他身边的小女友，年龄估计也就二十出头。化浓妆，眼睫毛过长，画着粉彩眼影，染着蓝头发，额头挑染了几缕金色，模样还不错。

"你当男一没问题，女一需要导演定。"我想都没想就回了"一米九"一句。

小盈惊讶地看了我一眼，我故意没理她。

我琢磨必须给"一米九"设点障碍，否则，一旦让他以为剧组没钱好拿捏，以后这个大爷就不好伺候了。

谁知我的话说完，"一米九"的态度急转直下，满脸无所谓地说："那我也考虑一下。"

看来他也不傻。

回去后，我把见面的情况跟庞大壮一说，大壮急了："你可千万别把事搞砸了！"

"哪里看出来我搞砸了？"

食全食美

097

"你小子在社会上磨砺太少。你必须学会尊重资本，明白吗？"

"什么意思？"

"那'一米九'傻是傻点，但他就是我们的钱袋子，他就代表着资本！"

"那你认为应该怎么干？"

"你先去说服小盈，把女一号让给'一米九'的小女友，满足资本方的要求。"

"你这也太没原则了吧？又要欺负人家小盈？"我的第一反应当然是十分愤慨。

"原则？什么叫原则？你知道我为了写一个能火的剧本每天掉多少头发，死多少脑细胞？"庞大壮面目狰狞，一脸准备咬人的表情。

"记住，剧本能火才有资格谈艺术。"

话都说这份上了……

"一米九"搞定五十万后，第二部剧顺利开拍。

没日没夜地工作了一个月后，片子拍出来了，大家都没把握。一向傲娇自信的庞大壮召集了我们几个核心主创开会说："我托了关系，已通过几个大平台发布，你们监控着流量。我与里边的哥们谈好了，免流量投放费，短剧播放量上一百万，平台与我们分成，这是我能争取到的最好条件了。我已经不敢看了，先让我睡两天。"

结果他没睡一天就被我们叫醒了。

播放流量已经破二十万了！

牛逼！

我们所有核心成员一起击掌庆贺。

小盈很快公布了另一个好消息：付费观众已经有两千多人，按每个观众付费五十元计，眼看十多万进账了！

结果，没开心两天，这个短剧被投诉有不雅内容，下架了。

五十万又打水漂了。

这次失败对我们整个草台班子剧组打击十分沉重，我们吵作一团。

"你这不是无底洞了吗？投个五十万不见响，再投一个不见响，已经一百万没了！"我对着自诩天才的庞大壮怒吼。

"正常，这年头，每天折的剧本上百部有了，我们很特殊吗？"大壮自觉理亏，但话还是不软。

"你到底能不能写出一个好剧本？所有人都在围着你转！"我盯着大壮大声质问。

　　"我还往里搭了好几千的油钱没报销。"小盈破天荒地叫委屈。

　　"我还搭了三个月的流量收入，我才亏大了。我的视频号都停更三个月了，掉粉掉了二十万。我找谁说理去？"庞大壮恶狠狠地抓了一根烟想抽，没打着火，气得把烟揉碎了扔在地上踩。

　　吵了半天，庞大壮拉我到一个僻静的地方。

　　"哥们，不能吵了！你我没退路。"庞大壮盯着我说。

　　"你我？"我问他。

　　"对啊，你说，小盈她愁吗？"

　　"不愁。做前台，做秘书，或者回她本行当健身教练，只要她乐意工作随便找。想嫁个人，估计有钱人都排队娶她。"我思索着说。

　　"对呀！那个'一米九'愁吗？他是富二代，一辈子躺平都可以。"大壮接过我的话说，"只有你我是平常人，家里也没矿。你我才是真的没退路！"

　　我狠狠地点头，一咬牙说道："我陪你再上一部剧！"

　　商量来商量去，我俩决定鼓动"一米九"再向他老爹要钱。

　　我和庞大壮约了乐浩文在一个茶馆见面。

　　"你老爹那栋静安区的写字楼每年八位数净收入，随便洒洒水啦。"庞大壮特意把关于钱和投资的事说得云淡风轻。

"一米九"并不傻，假谦虚了起来："听我二哥说，最近一年多写字楼也不好租了。"

"投咱们一个剧本才五十万，门槛多低啊。"我怕他打退堂鼓，接着煽乎他。

"不，一百万，这回必须拍个精品。你和你女友还是男一女一。"庞大壮斩钉截铁地否定了我。

"你说，你一个不是电影学院毕业的非专业人士，到哪个剧组人家愿意让你当男一？"庞大壮两眼盯着"一米九"，气势咄咄逼人。这点必须服他，虎死也不倒威是大壮的优点。

"一米九"想了想，点头同意了。

成功说服"一米九"再次去拉投资以后，庞大壮准备跟自己死磕了。他首先给自己买了三箱子方便面，准备闭关写剧本。

"必须杀出红海！"庞大壮咬牙切齿地对我说。看着他的表情，我心中竟然升腾起悲壮的感觉。

时来运转，没过两天，"一米九"给我打电话，他成功说服老爹出钱投资我们的新剧，但他爹要求先见见制片与导演。

为了见"财神"，我和庞大壮特意购置了两套西装。一番梳妆打扮后，我和庞大壮表情严肃地去见"一米九"的老爹。

有钱的老爹就是大气，聊了没几句就说："投资一部剧问题不大。近来生意比较难，你们希望赞助一千万我暂时没有，但是拿五百万完全可以。"

这话让我和庞大壮兴奋得差点蹦起来。

看来"一米九"想借拍戏这个由头，让老爹一次性多出点血，但是我们不方便点破。

转折就在一秒间。

"听浩文说你们先拍了一部，而且还是请浩文做了男一号。我知道我家这个老三形象不错，但不是电影专业出身，所以不太会拍戏。这样，你们把拍好的前一部剧先给我看看，我要看看你们有没有捧红我家浩文的艺术水平和文化实力。"

他一句话把我们俩整沉默了，天不怕地不怕，就怕煤老板讲文化。

估计煤老板看到他儿子扮演一个坏蛋的下架剧，直接派人追杀我们都有可能。

不得已，到了大家吃散伙饭的悲情时刻。

那天庞大壮把我们五个人召集在一起，准备吃一顿火锅后散伙，谁也没想到，"一米九"为那天的散伙饭准备了一场哭戏。

本来，庞大壮举杯说了开场词："干了这杯酒，我们永远是朋友！"然后大家开始碰杯。谁知"一米九"突然哭出声来，他的小女友怎么劝也劝不住。

"有什么委屈你说出来，一个大老爷们哭啥。"我赶紧拍着他的后背一起劝他。

结果，"一米九"号啕大哭了起来，他边哭边说：

"我知道两位哥哥都不太专业，但我就是想赌，我们一定能成功，因为我们年轻！"

他这么一哭，把大家都搞得眼圈红红的。悲情一番后，我决定说两句暖心的话："别哭了！我们都还这么年轻，我们要笑着散伙，笑着踏上新的征程！"

很快，笑容再次浮现在每个人脸上，大家一起举杯，借着酒劲儿喊道："来！干！"

庞大壮开心地大声嚷嚷："多往锅里下肉！多吃啊，我请客！以后不见得有机会了！"

大家哈哈笑着往火锅里下肉。这时，我闻见一股恶臭直冲鼻子。

"慢！"我制止了正向锅里下肉的"一米九"。"等一下，先别下肉。"

我转脸向服务员吼了一嗓子："服务员，叫你们老板来！"

很快，火锅店老板来了，是一个中年男人，一脸的憨厚样。

"你这肉是不是过期了？"我用手一指还没下入火锅的肉，质问身边的店老板。

"不可能，我们哪能卖过期肉给客人，你开玩笑。"没想到店老板十分老到，他的一番话让我有点没底了。

我拿筷子夹着肉凑近鼻子仔细闻了闻，恶臭就是从筷子夹的肉上传来的，我的鼻子不会犯错，对此我信心十足。

"这肉肯定是坏了！"我确定地告诉店老板。

"肉已经下了一多半了。"小盈在一旁提醒。

"怎么算？"我皱着眉问店老板。

"不可能过期，我这个店开了十年了。你狗鼻子啊，闻着不对劲？"

不承想这个店老板一脸憨厚样儿，说话却十分恶毒。

他拐着弯骂人，彻底激恼了我，但我压着火，准备以理服人。

"这样，看您也是憨厚老实的人，这个肉我们可以拿给卫生检验部门验一下。"

"你别来这一套！"店老板突然声音提高八度，他准备开始耍混蛋了。

104

"你没钱吃就别吃，首先这火锅退不了。伙计，来把火锅端走。"

"你这是什么态度？谁没钱吃？"一直没说话的庞大壮也被惹恼了。

"我就这个态度了怎么了？"店老板有点浑不懔地说。

这时走来了一个小伙计要端走火锅，大壮一扬手说道："滚一边去。"

他的手没碰到那个小伙计，结果，那店老板直接躺地上了，嘴里直喊："他们打人了，老婆子，报警！"

我们所有人都被他这个举动彻底惊住了，当着我们这么多人敢这么玩？

"一米九"的小女友真是虎。"本来没人打你，得了！既然你找打，老娘我今儿非揍你不可。医药费我都替你包了！"

她站起身抄起自己坐的椅子要砸躺地上的店老板。

眼看要出事，我赶紧挡在她前面。

店老板被她不要命的阵势所震慑，爬起身一溜烟跑了。

这时，老板娘带了三个伙计一阵呐喊，举着勺子铲子从后厨冲了出来，我和庞大壮抄起桌子上的涮肉长木筷子拦着他们。小伙计们举着铲子和大铁勺，与庞大壮和我对峙着，"一米九"一看情形不对，先钻桌子底下了。

关键时刻，还是小盈机灵，她看一个伙计要端火锅回厨房，急忙拿起桌子上一个勺子在火锅里舀了一勺汤和肉，举着勺子喊："这是罪证！等会儿警察叔叔就来了。"

"必须把那个勺子抢下来！"

肥硕的老板娘尖叫着带着一个小伙计来抢小盈手里的勺子，小盈轻盈地爬上桌子，在桌子间、椅子上轻盈地跳来跳去……

就这样闹了半个晚上，所有人被警察带去录了口供。结果毋庸置疑，那个火锅店被卫生质量监督部门罚了款，蛮横的店老板特意加了我的微信，向我们道了歉。

不知道哪个好事者把那天我们在火锅店搏斗的场面拍视频发到网上，视频意外获得五千万点击量。

这天，我意外收到火锅店老板发来的微信。

"我们按照您的意见和卫生质量监督部门的要求进行了整改，现在餐馆火了。我琢磨请您再来吵一次架，骂得越狠越好，一定叫上上回与您一起来的那两个大美女。"

我被他气坏了，以为他胡说八道故意气我，于是在网上搜了搜。结果，发现店老板说的是真话。他的火锅店最近推出一款"臭得很"火锅，主打一个"非常臭"。太多人点名要吃那个站在桌子上跳来跳去的美女吃的那款。

"别见怪，我们也是在适应市场需求。"火锅店老板还在跟我解释，他的解释我听着十分牵强。

我仔细地看着那个视频的网友评论。

"你们太会玩了，这么做广告，果然是流量高手！"网上很多类似的评价。

我琢磨了一下，明白了，小盈站在桌子上跳来跳去，短裙下那双大白腿不小心成了火锅店的流量密码。

我对火锅店老板的回复简单粗暴，就一个字——滚！

好命不如好运，好运不如好心。

经历了很多恶心事后，在生活的转角再次遇见福星。

今天这个福星来头很大，是一个帅气的小伙子，穿一身灰色西装，干净而干练。

"马上过年了，我们几家高档餐厅准备组团推出'春节喜宴套餐'，我们需要找一位代言人。我们的市场专员刷到你们那个打假臭火锅的视频，现在在全网爆火。我们几家高档餐厅联席研究后一致决定，代言人就请你们当了。"

本来我还准备假谦虚一下，结果来人一句话就俘虏了我。

"我们批复了预算，给你们的代言费是五十万一年，您别嫌少。我们可以为您的团队附赠几家餐厅的打折券。"

代言费五十万，够拍下一部剧了！我心里禁不住一阵窃喜。

真是"食全食美"！

"民以食为天。咱中国人饮食文化源远流长，丰富多彩。我们想向全世界推广我们的美食文化，源远流长的春节文化。"小伙子的每一句话都那么打动人，我服了。

很快，几家高档餐厅给我们送来了介绍材料，都是有历史的大餐饮企业在经营。几家高档餐厅邀请我们免费品尝一次所有喜宴套餐菜品。他们特别点名邀请鼻子灵的帅哥，也就是我，如果我闻出哪道菜品不对劲，假一罚十。

看来以后真的可以靠这灵敏的鼻子讨生活了。

接到这一单，庞大壮一兴奋，直接把剧本改了。

他再次召集我们五个人，大声宣布："我的新剧本构思有了！有了北京坊高档餐饮群的赞助，我准备把剧本名字改为《食神》。

我冲他直摇手："不行不行！撞名了！香港曾经有影片《食神》，周星驰拍的，我们不能拾人牙慧。"

"那你出个好主意吧。"

大家期待的眼神齐刷刷看着我，我也没客气："我看就叫《食全食美》！"

站在北京坊漂亮的建筑群前面，我们五个人开始筹拍为北京坊制作的宣传广告片。小盈和"一米九"的小女友特意穿上汉服出镜，引得路过的观众纷纷驻足观看。你必须相信老祖宗的审美。

"一米九"的小女友为宣传广告片想好了宣传形式，是用大家喜闻乐见的说唱。小女友特意与"一米九"搬来了架子鼓，"一米九"负责现场打架子鼓。小盈则与大壮负责写好说唱歌词，果然个个是人才！

说唱歌词是这样的：

民以食为天，今天过大年！小盈这里先给您拜个年。

家里摆喜宴，户户喜团圆！欢欢喜喜我们一起过大年！

福星在中间，家人围四边，五福临门开开心心乐无边！

食全又食美，有运又有钱，幸运吉祥幸福美满与您永相伴！开席喽！

格

斗

格斗

命运的微笑

夕阳下，山梁在视野里汹涌起伏到一望无际的远方，阿龙坐在山崖边，呆呆地望着远方，愁容不展。

阿龙全名巴沙吾龙，大凉山土家族人。在土家语里，"巴沙"是命运之神的意思，而"吾龙"则是战士的意思，巴沙吾龙的意思就是命运之神眷顾下勇敢无畏的战士。这个名字代表父母长辈对巴沙吾龙的期许。后来巴沙吾龙上了学，老师和同学们习惯叫他阿龙。

阿龙一直在认真思考着辍学的事。

阿龙已经上初一了，作为一个山里的孩子，面临的最大难题是贫穷！

他今天在学校，校长又在催学费了。学费加书本费，不到一百元。但对于阿龙来说，是一笔"巨款"。

阿龙从小在山里长大，每天放学后帮牧民放牛赚点钱补贴家用，对穷的认识是上学后逐渐形成的。他总是穿着父亲的旧衣服，是母亲用剪刀和缝线裁改的，脚上的解放鞋总是露着脚指头，冬天也只穿一条单裤子。阿龙生长的村子在山里，因为比较缺水，他经常三个月不换衣服，也不洗头洗澡。阿龙有两个姐姐，一个姐姐在县城打工，另一个姐姐嫁给了山区另一个村里的"富裕"人家。所谓富裕，就是姐姐嫁过去，对方给了两头牛和六百元钱做彩礼。这六百元钱支撑阿龙上学到初一，家里又没钱了。

阿龙觉得，十四岁的自己已经是一个顶天立地的男子汉了，虽然不能帮家里挣太多的钱，但让父母为自己花钱也让他的心揪着疼，阿龙在脑袋里反复盘算着辍学去武校的事。

两天前，校长的一个朋友——一个穿一身红色运动衣，精神抖擞的中年男人来到学校，这个人给很多同学介绍，成都有一个散打武术学校在招生，吃住都是免费的，家里有困难的男孩子可以去武校报名试试。

阿龙记得当时自己心里一动，鼓起勇气去问那个校长的朋友："叔叔您看我这样的，武校愿意招吗？"

那个中年男人上下打量了他一番，笑着说："当然。武校比较喜欢大凉的山区孩子，因为这些孩子能吃苦、有韧性，容易在比赛中打出成绩。"

阿龙坐在山崖边，眺望着远方层层叠叠的云层，金色晚霞辉映着如血的夕阳。他的目光被一只掠过夕阳的雄鹰吸引。当那只骄傲的孤鹰渐飞渐远，阿龙把嘴里叼着的枯草根拔出来狠狠扔进山谷里，他已经打定了主意。

成都一个散打武校的招生办公室里，两个负责招生的老师正在分发表格让排着队报名的青少年们填写。这时，阿龙顶着一头乱蓬蓬、脏兮兮的头发挤进报名队伍，他腼腆地向一个穿着深灰色衬衫的老师要了一张表格。

老师递给阿龙表格时，冷不丁问了一句："小帅哥，你多大了？"

阿龙不知道负责招生的老师为什么这么问他，愣愣地回答："我马上就十四岁了，怎么了老师？"

招生老师明显有点犹豫，给他递表格的手停在了空中。这时旁边过来一个身材微胖的老师问道："胡老师，怎么回事？"

阿龙看见那个胡老师站起身，小声对问话的老师嘀咕了一句："这孩子十四了，年龄有点大。"

他的声音虽然小，仍然在阿龙心中炸响了一个雷。

阿龙有点绝望地看着那个身材微胖的老师，只见那个老师看了他一眼，和蔼地笑着问道："这位学员，你真的希望进入我们武校学习？"

阿龙无比感激地拼命点头。

那个身材微胖的老师对他说："这样，你去操场上跑五圈，我给你掐表。必须在规定时间内跑下来，否则我们不收你。"

阿龙脑袋一热，二话没说就冲到武校的操场里跑了起来，也没问规定时间是多久。他一边跑一边偷瞄帮他掐表的老师，生怕那个微胖的老师突然喊时间过了。

阿龙跑得很轻松，他在山里经常从白天跑到天黑，肺活量也是在山里练出来的。他跑完五圈后，微胖的老师笑眯眯地说道："小伙子体能不错，离规定时间还有八分钟。"

就这样，阿龙被武校的老师们留下了。

一年多后，阿龙十五岁，他第一次代表武校参加青少年组散打比赛，拿了同龄组第二名。

阿龙拿了第二名，才敢给家里写信。因为当时为了上武校，阿龙跟父母大吵了一架，最后与家里闹掰了。阿龙每天狠命训练，他决心打出一个名堂，让父母放心。

命运女神第一次对阿龙微笑，是又一年后一个阳光明媚的下午。阿龙记得非常清楚，那天是他十六岁的生日。

那天，武校张校长召集了一百多个青少年散打队员，亲自对大家宣布："各位学员，今天是一个很重要的日子，著名的润搏俱乐部教练武润搏来我们学校挑人，大家要打起精神。润搏俱乐部是全国知名的搏击俱乐部，武润搏又是入选中国格斗名人堂的著名人物，看你们哪个小子有运气可以被武教练挑中，说不定哪天打到了国际赛场上，那也是我们武校的荣誉。"

阿龙兴奋极了，在武润搏来之前，武校里早已传得沸沸扬扬——润搏格斗俱乐部是知名的大俱乐部，训练条件好，俱乐部学员吃住全包，还可以推荐成绩优秀者去打全国乃至国际知名商业比赛，赚取高额出场费。

尤其是武润搏本人，在大西南综合格斗界非常有名，他教出过很多著名格斗运动员，被徒弟们尊称为"格斗老爹"。阿龙很早就看过格斗老爹武润搏年轻时比赛的视频，感觉格斗老爹武润搏非常帅。阿龙暗自希望这次自己可以被格斗老爹选上。

当时，一百多个青少年站成三排，等待着命运的垂青。阿龙机灵地抢位站到了第一排，生怕自己被格斗老爹忽略了，他偷偷踮着脚，好让自己显得高一些。

远远地，阿龙看见那个著名的格斗老爹武润搏不紧不慢地走了过来。这个男人长相威严，天然散发着沉着自信的力量和气场。只见武润搏一边在每个人身上打量，一边仔细聆听跟在身边的武校教练的介绍。

很快，武润搏从阿龙身边走了过去，似乎对他点了点头，但没有停留，也没有问他话，阿龙失望极了。

中午，阿龙在食堂打饭，他忍不住问一个学员："那个润搏格斗的武教练走了吗？"

"走了吧。"学员似乎见惯了这类俱乐部来学校挑学员的事，见怪不怪地回答。

阿龙的心情顿时坠落到谷底。

这时，阿龙突然听见武校食堂的大喇叭里喊："巴沙吾龙，吃完午饭后来二楼教务室。"

阿龙莫名其妙，他赶紧吃完饭，懵懵懂懂来到了教务室。

在那间屋子里，阿龙见到了改变他一生命运的贵人——"格斗老爹"武润搏。

失败的阴霾

阿龙进入润搏搏击俱乐部后，跟随着格斗老爹武润搏全面学习柔术、摔跤、拳击、泰拳，开始从散打转型 MMA 综合格斗。练了一年多，阿龙十七岁的时候，他第一次参加尚武八角笼的综合格斗比赛，就赢了。

这次比赛赢了以后，阿龙注意到，每天常规的训练项目结束后，格斗老爹经常把他留下，单独给他加练两个小时。

阿龙理解这是格斗老爹给他开小灶，于是训练格外卖力气，但训练强度有点太大了，渐渐地，自诩特别能吃苦的阿龙都感觉有些吃不消了。

这天训练完，格斗老爹再次叫住阿龙："阿龙，晚上吃完晚饭到训练馆，我再陪你练练摔跤。"

阿龙"嗯"了一声，脸上不自觉现出苦相，被格斗老爹武润搏敏锐地捕捉到了。

晚上，阿龙来到训练馆，看见格斗老爹早已换好训练服等着他。

两个人搭上手，阿龙稍稍一走神，被格斗老爹一个过肩摔重重摔在地板垫子上。阿龙躺在垫子上半晌没动，这时格斗老爹站在远处问他："怎么了阿龙，是不是嫌训练强度太大了？"

阿龙躺在垫子上对格斗老爹说道："老爹，没有，我这几天大腿筋有点扭，没缓过来。"

格斗老爹走近阿龙，盯着他的眼睛说："阿龙，你这点小心思……你如果怕苦怕累就别练了，直说！"

阿龙被格斗老爹的话羞得满脸通红，他一骨碌爬起来，活动了一下手腕脚腕，对着格斗老爹喊了一句："来吧老爹，我不累！"

格斗老爹笑了，他与阿龙再次搭上手，嘴里问阿龙："你知道不知道，当初体校一百多个孩子中我为什么偏偏选中了你？"

"我记得您说过，当时是我的眼神抓住了您。"

格斗老爹满意地点头，没再说话。

两个人在训练馆持续训练到深夜。训练后洗完澡，格斗老爹与阿龙在更衣室换衣服。阿龙先穿好了衣服，一扭头，看见格斗老爹正在低头系鞋带。

阿龙看见格斗老爹的头发中，长出不少醒目的白发，不禁心生感动。

阿龙想起自己小时候与邻村的孩子打架，山里的孩子打架下手没轻没重，阿龙被三个孩子围殴，头上流了血。当时阿龙一声不吭，揪住对方的一个孩子狠劲揍，村里大人们来了差点拉不开。阿龙记得当时来拉架的一个老牧民对自己的评价："这崽子的眼神像狼一样，将来有出息。"正好今天借此机会，阿龙想再深问一下格斗老爹。

"老爹，您当时在一百多个孩子中选择我，是因为我的眼神像狼一样，好像能杀人吗？"

阿龙刚问完这话就后悔了，因为他看见格斗老爹停下了系鞋带的动作，站直身体，怒视着他，突然给了他一个重重的耳光。

"小子，记住，永远记住！你要学会尊重每个对手，你站在格斗场上不是为了杀人，更不是为了去战胜对手。"

"不是为了战胜对手？那是为什么？"阿龙忘了脸上火辣辣的疼，诧异地问。

"你，站在格斗场上，是为了战胜你自己！"

那晚格斗老爹的话，阿龙记住了，但并没有听进心里，直到他遇到了人生的第一个坎……

阿龙继续刻苦训练，并根据格斗老爹武润搏的安排，参加各类格斗比赛，用格斗老爹的话来说，阿龙需要不断积累赛场经验。

阿龙似乎天生有格斗运，他越战越勇，一口气连胜十五场。

可是，阿龙的连胜纪录突然被一个韩国选手中止，他叫朴成载。

正是因为这一场失利，阿龙才真正认识到综合格斗的残酷与魅力，也真正理解了格斗老爹的那句话："你，站在格斗场上，不是为了战胜对手，而是为了战胜你自己！"

"朴成载，跆拳道出身的综合格斗选手。其特点是抗击打能力极强，体能充沛。他是一个技术全面型选手，有相当强的实力。朴成载曾经在UFC打入世界轻量级排名前二十。去年，因为输给UFC轻量级新锐名将"荷兰战斧"，随后连输两场，目前名次下降到第三十一位。"

在与朴成载比赛前，格斗老爹武润搏为阿龙仔细分析了朴成载。

"但如果你战胜朴成载，可以说，这将是你格斗生涯的里程碑式的胜利，因为朴成载是真正有国际大赛经验的实力选手，好好准备吧！"

格斗老爹鼓励的话，让阿龙打起十二万分的精神。他为了这场比赛做了充分的体能、技术、心理准备，上赛场前，阿龙觉得自己元气满满。

结果，"连胜将军"阿龙竟然输了。

那次比赛是国内著名赛事尚武四角擂台赛轻量级金腰带决赛的垫场赛，朴成载作为赛事特邀外籍选手，受关注度很高。当时朴成载上场后，满场绕着圈奔跑，显得十分兴奋，还挥舞双手向观众致意。阿龙则站在场上冷眼瞧着对手，心想：不出三分钟，我就让你知道我大凉山勇士的厉害！

结果，阿龙大赛经验不足的弱点被经验丰富的朴成载抓到了，开场没到三分钟，他就被朴成载带入地面战。第一局临终场前，阿龙遭遇朴成载无比凶险的"十字固"，格斗老爹直接从四角擂台场外把白毛巾扔进场内。

从场上走下来，阿龙抱怨了格斗老爹很久。

"其实，当时我感觉我能赢！"阿龙有点恨恨地盯着格斗老爹说。

格斗老爹则没有太多解释，仅回了他一句话："好好练，一两次输赢不算什么。"

很快，阿龙和朴成载的比赛视频传到了网上。阿龙忍不住偷偷拿着手机看评论，他惊异地发现评论区满屏幕都是对他污言秽语的咒骂，有的评论甚至连格斗老爹一起骂。

阿龙的心理防线一瞬间就崩溃了。

阿龙躺在宿舍屋子里，将门窗紧闭。他在床上翻来覆去睡不着觉，偶尔睡着了也是面对着一片深渊，黑暗中传来铺天盖地的谩骂声。

第一次失利后，阿龙的状态变得十分低迷，紧接着他又输了一场比赛。

从常胜将军到连输两场，阿龙的心态彻底崩了。他每天的训练都不在状态，被格斗老爹痛骂了两次。阿龙开始怀疑自己能不能继续打拳，心里仍不免抱怨格斗老爹在场外替他扔白毛巾。

又一次在训练中被格斗老爹痛骂后，自尊心极强且敏感的阿龙甚至开始认真考虑是否该放弃这项他无比热爱的运动，但他又陷入无比痛苦的纠结中。

阿龙深知自己是从骨子里热爱格斗，因为这项看似残酷危险的运动，彻底改变了一个卑微如草根的人的命运。但接连失利带来的打击，让阿龙对自己未来的格斗之路产生了深深的怀疑，阿龙开始在心底默默地问自己：我还行吗？

格斗老爹似乎有一双透视眼，这一天，他特意找阿龙谈心。

"阿龙，你是不是想知道当年我为什么从武校一百多个学员里，独独挑中了你？"格斗老爹的问话直截了当。这也是阿龙一直希望得到答案的问题。

阿龙点点头，盯着格斗老爹，期待着他的答案。

"你的眼神里，有一种不屈服的力量，让我看到年轻时的自己。"格斗老爹终于为他揭开了谜底。

"老爹，我还能打拳吗？还能继续我的综合格斗之路吗？"阿龙略带羞惭地问格斗老爹，语气难免有些不自信。

"当然，你才十八岁，这么年轻。"格斗老爹非常肯定地回答，"老爹我今年四十六岁，我有机会还是要上场上打，有比赛就去。"

"您真的是太拼了！"阿龙由衷赞叹道，格斗老爹的话极大地激励了他。

自从与格斗老爹谈心后，阿龙变得沉稳多了。这天在训练馆训练完，阿龙一个人坐在条椅上陷入了沉思。

"阿龙——"

阿龙听见远处有人在喊他的名字，抬起头看，只见同宿舍队友崔勇君小跑着来到他身边。崔勇君是阿龙的同宿舍好友，两个人吃住在一起，也经常一起切磋。崔勇君原本是一个建筑工人，因为热爱格斗，他拿出自己四分之三的积蓄，自费在润博格斗俱乐部参加训练。因为崔勇君与阿龙一样，小时候家里穷，勉强上完初一他就辍学出来打工，当过保安，送过外卖。两个人相似的经历让他们成为铁哥们。

这时崔勇君已在靠近阿龙的条椅上坐下，说道：

"阿龙，我真羡慕你小子！"

"羡慕我啥？"阿龙一头雾水。

崔勇君没马上回答他，而是径直问道："这些天老爹一直在给你开小灶吧？"

阿龙笑了笑，没回答，低头整理自己的拳套。

"我发现你小子属于特聪明的那一类，平时憨憨的，别人不知不觉的时候，你已经成为老爹心中最钟爱的徒弟。"崔勇君在阿龙一旁继续说。

"真的吗？"阿龙听崔勇君这么说，有点意外，但心里十分开心。

"你不知道，上次你与韩国那姓朴的小子比赛，我就在老爹身边坐着，我看见老爹一个劲用毛巾擦手心里的汗，我猜他是担心自己的徒弟被毁了。"

崔勇君无意间的话，让阿龙一下子释然了。想起自己对格斗老爹那场比赛扔白毛巾抱怨了很久，阿龙不禁有些惭愧。

"那为什么上个月的比赛，老爹自己遭遇对手的十字固，却选择了硬抗？"阿龙想起格斗老爹最近一次的比赛，忍不住又问崔勇君。

崔勇君笑了笑回答："这个恐怕你得去问老爹本人。"

阿龙与崔勇君说的那场比赛，是格斗老爹与印尼摔跤冠军埃诺·帕坤颂拉的比赛。在对手对格斗老爹用上十字固时，格斗老爹武润搏坚持硬扛了半分钟，最后反转，险胜对手。赛后，阿龙、崔勇君和一帮徒弟们陪着格斗老爹去医院检查，发现老爹的胳膊里留下了一片残骨。

阿龙是心里藏不住事的人，一天训练完，他终于忍不住了，拦住格斗老爹问："老爹，我特别想知道，为什么同样是比赛中碰到十字固，你为我直接扔白毛巾认输，自己却选择硬抗？"

"阿龙，你和我不一样，你还年轻。"格斗老爹似乎并不对阿龙的问题感到奇怪，他轻描淡写地回答，"你老爹我的运动生命，就这几年了，我不愿意放弃每一次在场上去拼的机会。"

格斗老爹的回答平淡无奇，却激发了阿龙深藏在天性里的勇气，他开始从谷底走出来。

阿龙开始了更加疯狂的训练。晚上，在宿舍里，崔勇君听见他做梦都在大喊着"朴成载！别跑！"

那次失败的心魔仍然在紧紧纠缠着他。

崔勇君偷偷跑到格斗老爹武润搏身边问："老爹，我听见阿龙晚上做梦都在喊朴成载的名字，他是不是压力太大了？"

格斗老爹的回答简单干脆："是男人，就必须自己闯过这一关！"

阿龙逐渐找回状态后，格斗老爹再次为他安排商业比赛，阿龙连赢两场，逐渐找回了自信。

当阿龙拿着赚取的比赛出场费和胜利的花红给家里寄钱时，觉得特别有成就感。因为他已经用行动证明自己是男子汉了，不需要家里出钱供养了。他打赢一场比赛所赚的钱，相当于山区村里有些贫困家庭一年的收入，阿龙感觉自己挺了不起的。

这一天，格斗老爹再次在训练后找阿龙聊天。

"阿龙，你还记得我对你说过的话吗？"

阿龙想了想："您是想说那句'你在场上，不是为了战胜对手，而是为了战胜自己'？"

阿龙并不确定自己的回答是否正确，但他看见了格斗老爹眼中欣赏的目光。格斗老爹简单明了地说道："去，赢了朴成载！"

阿龙开始通过平台媒体发声，直接约战朴成载。他突然发现自己在网上已经有了数千粉丝，他对朴成载的约战得到了不少粉丝的支持，阿龙非常开心。

不出意外，阿龙的约战成功了。

两个人再次对决前，朴成载在媒体采访视频里故意释放侮辱性的挑衅话语："那个中国选手，这次我要把你彻底打趴下，你还是应该回到你妈妈那里吃奶。"

阿龙没有回击他，因为阿龙想得很简单：所有言语都是苍白的，最有力的回击就是在赛场上彻底击败对手。

著名的尚武四角格斗赛场上，阿龙再一次与"心魔对手"朴成载狭路相逢。场外观众热情的欢呼声让阿龙两腿有点发软、呼吸急促，他知道自己是过于兴奋了。

必须赶紧调整呼吸，尽快进入状态——阿龙在心里反复叮嘱自己。

两个人面对面站立在四角擂台上，阿龙双眼喷火，死死地盯着对手。阿龙注意到，朴成载故作若无其事，甚至面带鄙夷地盯着他，但在双方对撞拳套的一瞬间，阿龙从对方眼里，似乎读出了一丝转瞬即逝的恐惧。

比赛一开始，"心魔对手"朴成载突然以夸张的跳舞舞姿羞辱他，让阿龙气不打一处来。很快，比赛再次进入朴成载的节奏，他顺利把阿龙带入地面作战，但这一次，双方打得非常胶着。朴成载完全没有想到，这个曾经输给他的年轻中国选手，地面技术进步得如此快。

第一局结束后休息时，格斗老爹对阿龙说道："你不要被他的动作干扰，他希望你在狂怒中失去理智，他好抓住机会再赢你，这是他的战术，你不要被他的节奏带跑了。"

也许是老爹在他脖颈后按的冰块起了作用，阿龙觉得自己的头脑清醒了很多，但格斗老爹的话，阿龙没有完全听进心里。

第二回合开始没过一分钟，朴成载的后手直拳精准击中阿龙的面门。阿龙感觉那一拳的力量不重，但他被打倒了！

阿龙被打倒后，一骨碌站起身，他特别怕被强读，但裁判还是为他进行了八秒强读。而朴成载则是一脸贱笑，再次对着阿龙扭臀跳舞进行挑衅。

读秒后，气急败坏的阿龙对朴成载的反击连连落空。

朴成载则更加嚣张地跳舞，并在阿龙反击落空后，快速反击打点得分。

第二局打完，局面明显是朴成载继续占优。

阿龙有些泄气，蔫头蔫脑地走回座位。因为这是一场三局的比赛，留给阿龙的仅剩最后一局，阿龙还没有找到破解的方法。

休息时，格斗老爹没做过多分析，就简单对他说了一句："输了也没关系，别太紧张。"同时，格斗老爹有力的大手为他揉肩放松肌肉。

阿龙背靠着四角赛场护栏绳，恶狠狠地喘着粗气。突然，身边的格斗老爹对着他笑了。

"老爹您乐啥？"阿龙有些不解地问。

"你的眼神告诉我，你能拿下他！"格斗老爹武润搏一边乐一边回答，这句话给了阿龙莫大的鼓舞。

上场时间到了，格斗老爹捏着阿龙的脖颈，贴着他耳朵说："注意他跳舞的支撑腿。"

第三局，对手击中他后再次跳舞，一直在狂怒状态中的阿龙突然冷静了，格斗老爹说过的话终于在心里浮现：这是他的战术，不要被他的节奏带跑了。

阿龙开始冷静地寻找机会，偶尔也故意假装出击吸引朴成载反击。

朴成载中计了，他的反击落空后，被阿龙的一记重拳打中下巴，他被打得有些晃，但仍然故作不屑，继续扭臀跳舞，挑衅阿龙。

就在这一瞬间，老爹突然在场下高声呼喊："砍他支撑腿！"

这声呐喊，仿佛一道闪电照亮了阿龙的内心！

阿龙以一记凶猛的低扫，扫到朴成载跳舞的支撑腿。

朴成载倒下时，阿龙天生的格斗天赋，让他捕捉到百分之一秒的机会，阿龙如豹子扑食般跟进补了一个精准的勾拳，正中朴成载下巴。

赢了！

当场上裁判扑在朴成载身边招呼场外医生进场救护时，

阿龙的脑子还在一片空白中，直到格斗老爹冲进场内把他紧紧地抱住。

阿龙终于战胜了自己！

战胜自己是如此的迷人，阿龙感觉，自己看待生活的视角都不一样了。

新的考验

阿龙继续专注于训练，格斗老爹准备安排他参加"泰山决"等著名赛事的邀请赛。

好消息又来了，阿龙竟然被 UFC 注意到，最终成功获得这个著名的国际赛事组织的青睐并与他签约，那一天，阿龙刚刚满二十岁。

签约以后，格斗老爹按捺着兴奋向润搏俱乐部的全体学员说道："祝贺巴沙吾龙成为我俱乐部第一个签约 UFC 的选手！ UFC 一直看好中国格斗市场，所以，阿龙的签约有一定运气成分，但阿龙的实力得到了国际著名赛事关注也是好事。"

格斗老爹停顿了一下，大声说道："让我们所有人都为阿龙鼓掌！"

UFC开始为阿龙安排高质量的比赛和有实力的对手，第一个对手就不含糊，他是UFC的新锐名将——"荷兰战斧"！

格斗老爹专门组了一个格斗训练小组为阿龙做专业分析和针对性培训。

"这个绰号'荷兰战斧'的选手，本名尼克·萨格里安，荷兰人，非常年轻，与阿龙同岁。"

格斗小组的战术指导在为阿龙分析对手：

"萨格里安虽然与阿龙同岁，但比赛经验非常丰富，在UFC已经打入世界前二十，目前世界排名第十六位。"

听着教练对对手的分析介绍，阿龙热爱格斗的血液已经在兴奋地燃烧。

"'荷兰战斧'原本是泰拳手出身，后跟随世界著名综合格斗教练荷里乌斯学习综合格斗而成功转型。他身高1.77米，静态臂展1.85米，有臂展天赋优势。此人格斗天赋极高，体能极好，擅长绞技、'断头台''三角锁'，以裸绞终结对手是他的拿手好戏，号称'钢膝铜肘蟒蛇绞'，是一个非常危险的对手。"教练接着介绍道。

距离比赛还有三个半月的备战期，但阿龙与训练小组、格斗老爹都分外紧张，毕竟这是阿龙第一次参加国际大赛！

三个多月的时间飞逝而过，与"荷兰战斧"的比赛终于打响。

比赛在美国拉斯维加斯 UFC Apex 场馆举办，采用 UFC 规则，双方选手必须打满五局定胜负。

阿龙与格斗老爹完全没有想到，比赛的艰苦程度超过了所有人的预料。

比赛刚开始两分钟，阿龙的眉弓就被"荷兰战斧"打开，格斗老爹在场下揪心地看着爱徒的伤，心里盘算着要不要放弃比赛。

八角笼中，阿龙知道自己负伤了，但他一直在心里鼓励自己：再坚持一下，不能放弃！

他在心里一直这样对自己说，包括在第一局结束休息时，他不甘地对格斗老爹说："老爹我没事，不要扔毛巾。"

但阿龙最担心的是眉弓流血过多，裁判会中止比赛。

时间一分一秒过去，每一分、每一秒对阿龙和格斗老爹来说都是煎熬。

比赛来到艰难的第四局，"荷兰战斧"把阿龙压制在一个角落，对阿龙施与断头台。阿龙眉弓伤口流出的血流入了眼睛，他感觉一只眼睛火辣辣地疼。当时这场比赛开通了国内赛事直播，导播正好给了阿龙受伤的脸一个特写，熬夜观看直播的阿龙的母亲和姐姐都看不下去了。

进入第五局，双方体能严重透支，"荷兰战斧"完全没想到眼前这个娃娃脸的中国对手这么难缠。

第五局比赛打到最后十秒，局面终于发生逆转。一直在被动中的阿龙成功翻转身位，拿背裸绞锁住"荷兰战斧"的咽喉，在终场前最后一秒惊险取胜。所有观看比赛的综合格斗迷都惊呆了——学习地面缠斗技术不足三年的阿龙，竟然靠拿背裸绞，制服强大的对手取得胜利。

当时，负责转播机构邀请了国内著名的搏击名将方便参与解说，方便不禁欣喜地赞叹道："想不到啊，阿龙竟然以对手最擅长的终结方式终结了对手。"

阿龙记得当时自己对强大的"荷兰战斧"拍他手臂认输完全没有心理准备，直到格斗老爹冲进来拥抱他时，阿龙才反应过来，他酣畅淋漓地哭了。

不得不说，阿龙的取胜有运气成分。这个荷兰选手实力高于阿龙是毋庸置疑的，只是近期输过一场，状态有些低迷。他本想找个菜鸟选手干净利落赢了，找回状态，没想到却被一个初生牛犊给击败了。

新教练带来的改变

阿龙对"荷兰战斧"的胜利影响深远，UFC 开始重视起这个新签约的年轻中国选手。

半年后，UFC 给阿龙安排的对手更厉害——号称"马其顿公爵"的克罗地亚名将莫勒尔。

格斗老爹亲自挂帅组建战术训练组，为阿龙分析对手并做阿龙的陪练。

对于这场可能为润搏俱乐部带来巨大荣誉的比赛，阿龙兴奋莫名。

"克罗地亚名将莫勒尔，摔跤手出身，是 UFC 的名将之一，目前在 UFC 世界轻量级别排名第八。"

格斗老爹分析道："对手一个显著特点——摔跤手出身，擅长地面降服，技术全面，体能超强，意志力强悍，在 UFC 赛场，他的地面降服技术极具统治力，很多 UFC 名将被他的地面技打到退役。如果在比赛中，阿龙被莫勒尔带入地面，地面技术不够强大的阿龙必输无疑。"

格斗老爹的话让阿龙心里一紧。

"但如果打败'马其顿公爵'莫勒尔，就有机会直接挑战这个级别世界金腰带的拥有者——'电脑战警'努撒·巴尔塔，巴尔塔这个王者已经垄断 UFC 轻量级冠军五年之久！"

阿龙从格斗老爹的眼睛中，读出了不一样的期许。

这天，阿龙正在训练馆打拳靶，格斗老爹把所有人召集在一起，为大家介绍了一个新来的教练古天隽。

古教练非常年轻，形象干净清爽，说话时总是面带笑容，不像一个综合格斗专家。

"大家不要因为古教练年轻而小看他。"

格斗老爹似乎看透了大家的心思，特意详细介绍了一下古教练："古教练曾经与搏击名将邱建刚同在一个俱乐部训练，曾担任过中国乃至全亚洲第一个 UFC 女子世界冠军张丽丽的战术教练。他的技术非常全面，是现役的中国巴柔黑带，而且，古教练具备非常丰富扎实的理论知识。"

他接着补充说："全中国巴柔黑带只有五十人，古教练就是其中之一。"

阿龙的心里充满感激，虽说古天隽教练是俱乐部的新聘教练，但阿龙知道，这是老爹为了提升他的地面技术专门请来的高手，类似于武侠小说中掌门级别的人物。

这一天，阿龙刚刚训练完，正光着膀子用毛巾擦汗，古天隽手里拿着两瓶矿泉水走近他，递给他一瓶。

阿龙一看这个人就发自内心喜欢，因为他感觉古教练非常平易近人，没有任何架子。阿龙接过矿泉水瓶痛快地喝着，听古天隽为他分析起来：

"阿龙，我仔细观察了你两天的训练，你需要从增强力量训练和体能训练入手，然后再强化地面技术训练。"

古天隽用寥寥数语，为他规划了成长的路径。

阿龙心生好奇，问道："古教练，能不能给我讲讲中国格斗发展的全貌，我想了解我在未来有可能达到什么水平。"

"中国格斗最近五六年进步不小，在拳击率先有了突破，重量级拳击手张志磊凭个人的努力，曾在 2023 年夺得过WBO 过渡金腰带。"

阿龙点点头，听古教练继续说。

"国内自由搏击领域，前些年出现了许多世界级名将，比如邱建刚、铁华、魏铁等人，他们在国内国际赛场获得了很多荣誉。但在综合格斗界重量级，国内具备统治力的选手，尤其是中大重量级的高手比较少。早期有名将张泉、姚红，近期成绩最好的当数格斗名将李行亮、王波。王、李两个人的实力在亚洲属于顶尖，在世界也排名前列。国内产生一名中大重量级优秀综合格斗选手非常难，能在世界排名前列的更是凤毛麟角。因为国人普遍认为综合格斗是一项低回报、高风险的运动，关键是太艰苦，而且选手非常容易受伤，愿意从事这方面运动的人太少。"

古教练看阿龙在专注地聆听，继续为他分析："就综合格斗而言，我认为中国人适合先从中小重量级突破。比如，2024 年夺得 ONE 冠军赛羽量级金腰带的中国名将唐强体重是 126 磅，而夺得全亚洲第一条 UFC 世界金腰带的张丽丽体重是 115 磅。"

古教练喝了一口矿泉水，继续说：

"随着张铁泉、恩波、格斗兄弟、润搏等很多国内优秀俱乐部，以及昆仑决、武林风、泰山决、尚武等著名赛事的积极推广，国内越来越多的年轻人加入了综合格斗的队伍。我相信，通过科学系统的训练，以及赛前认真分析每个对手，制定针对性的合理战术。同时，根据每个选手的技术特点和天赋，让选手掌握几项独有的必杀绝技，中国人有机会先从综合格斗的中小重量级形成突破。"

阿龙满脸钦敬地继续问："古教练，请您分析一下我的级别。"

"你是 Lightweight. 155 lb（70.3kg）轻量级，这是非常有观众缘的量级。"

阿龙心里有一点小小的失望，但他知道自己的级别不可能随便改变，这是天赋的一部分。

"你，静态臂展有优势。"似乎知道阿龙心里所想，古教练继续为他分析，"我将为你制订针对性训练计划。训练后，你还需要花时间反复研究对手的比赛录像，首先要熟悉对手的特点以及动作习惯，进行有针对性的训练。"

当晚，古天隽教练把阿龙留在自己的宿舍里，为他播放"马其顿公爵"莫勒尔的比赛录像。

"注意到他的特点没有？"

在阿龙看得入迷的时候，古天隽突然发问。

见阿龙摇头，古天隽分析道："这个克罗地亚选手，他的特点非常明显，他喜欢在站立格斗状态下不超过三十秒的互相试探后，迅速转入地面进攻，在地面凶狠难缠。你尽量不要被他带入地面。"

阿龙点点头，心里有点沉重。打 UFC 比赛，不被对手带入地面作战，太难了！但古天隽接下来的分析让阿龙感觉眼前一亮。

"我发现莫勒尔习惯在几次试探打击后，低头迅速下潜，速度极快，我认为唯一的机会，就是在他试探打击后抓住机会，在他低头下潜的一刹那攻击他。"

紧接着的训练紧凑而有针对性，在每天例行训练完成后，古教练带着阿龙加练跳身飞膝。枯燥重复的训练，一天至少上千次，以形成肌肉记忆。

阿龙与"马其顿公爵"莫勒尔的比赛终于开始了。

站在八角笼内，紧张和兴奋混杂在一起，让阿龙感到呼吸急促。眼前这个对手是 UFC 的实力悍将，两个人的实力差距是明显的。

比赛开始，阿龙与莫勒尔开始谨慎地互相试探，阿龙全神贯注地观察着莫勒尔的双肩。

"这个对手在下潜前有试探打击，正式启动时右肩有耸肩的动作，这是一个判断他下潜的明确信号。注意仔细观察，在他下潜时敢于前进迎击，这是需要违背你自己潜意识习惯的动作。"

古天隽教练的话反复在阿龙耳边响起。

果然，莫勒尔在二十秒左右的试探进攻后，肩部有一个轻微的耸动，他这个微小的动作被阿龙捕捉到了。

就在莫勒尔迅猛下潜上身，扑向阿龙的时候，阿龙不退反进，一个半步跳膝，发起了迅猛的攻击。这个动作他在古教练的带领下训练了无数次，已经形成牢固的肌肉记忆。

当阿龙跳起的双脚落地时，他看见莫勒尔退了几步靠在了八角笼上，场上裁判扑了上来，叫停了比赛。

整场比赛用时仅三十秒，"马其顿公爵"莫勒尔的眉弓开裂，血流如注，场上裁判直接中止了比赛。

"不可思议！"负责转播解说的国内主持人情不自禁发出惊叹，"阿龙赢得太快了！"

阿龙非常享受举起双臂迎接万人欢呼的那一刻，他越来越痴迷于这项运动了。

与格斗老爹的碰撞风暴

阿龙一战成名，很多自媒体在全网疯狂宣传。阿龙的粉丝量暴涨到二十万，阿龙不禁有点飘了。

这天训练完，古天隽教练叫住准备回宿舍的阿龙，低声对阿龙说："阿龙，你回宿舍换一身休闲服，我晚上带你去一个地方。"

阿龙惊讶地问道："去哪里？"

古教练神秘地一笑："一个好玩的地方，去了你就知道。"

阿龙换了一身休闲服，跟着古天隽打车到了九眼桥。两个人下了出租车，沿着河边走，很快，两个人走进了一个有乐队演出的酒吧。

阿龙平生第一次来酒吧，看什么都觉得新鲜。他偷偷对古天隽说道："古教练，我还是第一次来这里。"

"其实不应该来，格斗老爹非常忌讳格斗运动员泡吧。但我希望让你放松一下，因为你马上可能要面对世界上最强大的格斗选手之一——'电脑战警'巴尔塔，我希望你放松一下。"古天隽笑着解释了一句，"我也有十来年没有进过酒吧了。"

很快，他们坐的桌子来了五六个男女，都是古天隽叫来的朋友，与古天隽很熟。七八个年轻人坐在一起喝酒掷色子，很快就兴奋起来。

阿龙开始和身边一个女生玩掷色子，他对游戏规则不熟悉，一连输了几把。阿龙很快没了兴致，转脸看古天隽与其他几个人玩。这时，对面的女生给他倒了一杯酒，说道："我看你很面熟，好像是在一个格斗比赛中看到过你。"

"真的吗？"阿龙一听"格斗"两个字，兴奋了，他问："你们女生也喜欢看格斗类比赛？"

"我喜欢啊。"

"为什么？"阿龙更好奇了。

"因为感觉爱好格斗的男人很 Man。"

"Man 是什么意思？"阿龙有点好奇地问。

"就是很有男子气概！"

"哈哈哈哈……"阿龙与眼前的女生不约而同都笑出了声。

虽然眼前女生的话可能是一句客气话，但阿龙仍然感觉非常受用。

这时，古教练转过脸给他们介绍。

"小丹，这是阿龙。你不知道吧？阿龙刚刚战胜 UFC 世界名将莫勒尔，他现在可是格斗界的大腕了！"

阿龙脸红了，他的腼腆引得小丹捂着嘴笑。

大家听见古天隽的介绍，纷纷举杯向阿龙致敬："格斗大神，请接受我们的膜拜！"

阿龙被他们逗得大笑，他与每个人碰了杯，一口气干了一大杯啤酒。

再次斟满酒杯后，阿龙特意敬了古天隽，并且问了一个问题："古教练，你认为能夺得世界级金腰带，运气成分多，还是实力决定？"

"实力决定的，运气也是实力的一部分。"古天隽的回答简洁清晰。

"古教练，再次谢谢你！"阿龙再次举杯敬古天隽，发自内心地感激这位教练。他与古教练交往的时间并不长，但感觉古教练如同他的兄长一般亲切。

"谢什么！"古天隽还是一如既往地平和，他笑着说道，"我只不过挖掘了你的天赋而已。其实，你胜'马其顿公爵'有很多侥幸成分。他看你没太大名气，希望快速解决掉比赛，没想到你已经琢磨透他了！"

阿龙回想起对莫勒尔的那场比赛，的确是有些运气的成分。他的跳身飞膝似乎没有重击到对手，双脚落地后他准备按古教练的计划转入地面进攻，却发现"马其顿公爵"已经连退数步，靠在八角笼网上，眉弓出现一道深深的裂口。

他正准备扑上去再次进攻，裁判飞身拦在了他与莫勒尔之间，随后场裁仔细检查了莫勒尔的伤口，宣布比赛结束。

这次出奇制胜打败对手，阿龙终于明白了格斗老爹请的这位战术教练的作用。

开心的日子刚过没几天，紧接着的一场风暴，差点要了阿龙的命。

那是一次与格斗老爹的直接碰撞。

这天早晨，阿龙一来到训练场，就感觉到训练场内气氛不对。每个正在训练的学员都不和他打招呼，只有老铁崔勇君路过他身边，小心翼翼嘀咕了一句："阿龙，你小心，今天老爹他……"后半句他还咽回去了。

这时格斗老爹正在训练场打拳靶，只见拿拳靶的队员被逼得步步后退，最后被格斗老爹一拳击中下腹，疼得惨叫一声，躺在了地上。

格斗老爹怒目环视四周，看见了刚进来的阿龙。

"阿龙，过来！"老爹的怒吼声震得训练场的顶棚似乎都在发颤。

有了刚才好哥们崔勇君的提醒，阿龙没敢说话，一路小跑过去拿起了拳靶。

格斗老爹一句话不说，密不透风的双拳对着阿龙打了过来，阿龙被打得连连后退。

老爹突然上腿了，阿龙下意识用拳靶格挡，但格斗老爹的腿非常重，直接把阿龙踹倒在地。

摘下拳套，格斗老爹冷冷地说了一句："阿龙，你的翅膀硬了，你可以走了。"

阿龙有点不知所措，格斗老爹的话对他犹如晴天霹雳。

"你还需要解释吗？你在这里装什么无辜！？"

格斗老爹一步步走近他，满眼怒火。

"你跟我请假，说是你姐姐来成都，结果是你偷偷摸摸跑到一个综艺节目去参加商业演出。你能耐了是吧？你敢对我撒谎了，你能赚大钱了，润搏这个小俱乐部容不下你了，你给我滚！"

格斗老爹对着阿龙说完上述的话，转身向其他学员大声宣布：

"我宣布，从今天起，巴沙吾龙被润搏俱乐部除名！"

阿龙听到老爹武润搏的话，鼻涕眼泪不争气地一起涌出，他高喊着："不要啊老爹！"扑通跪在老爹身边，抱住了他的腿。

"你是不是真心热爱格斗？格斗对你来说是什么？"格斗老爹仍然怒火中烧，他的怒吼撞击着阿龙的心。

"格斗是我生命的一部分，就是我的命！"阿龙紧紧抱着老爹的腿，下意识脱口而出，喊出了自己的肺腑之言。

格斗老爹俯下身，一把抓住他的领口。阿龙被老爹揪着领子站了起来，两个男人怒目相对。

"为什么瞒着我去参加商演？再不训练你就废了，你明白吗？"格斗老爹的口气意外缓和了。

为什么？阿龙感觉一时难以回答。

格斗老爹一把推开阿龙，大声宣布："今天不训练了！"他转身走出了训练馆。

全场学员被吓得默不作声，大家不欢而散。

随后整整两天，阿龙与格斗老爹两个人见了面也不说话。

这天，阿龙刚吃完晚饭，古天隽偷偷跑到阿龙身边动员他："阿龙，别犯牛脾气，你赶紧去当着所有人向老爹道歉，我已经去向他道歉了。"

阿龙听了古教练的话，一直犹豫着，整夜未眠。

第二天，阿龙鼓足勇气，来到拳馆里正在打拳靶的格斗老爹身边。

"老爹，我向您道歉。"

格斗老爹停下来，盯着他，但没有说话。

阿龙仰起脖子狠狠地深吸一口气，对着空气大吼道："老爹，我向您道歉！"

格斗老爹明知故问："你道什么歉？"

"我一直没敢告诉您。"阿龙瞟了一眼格斗老爹，低头说道，"我曾暗自发誓捐助一所爱心小学，但没钱。老爹你知道我家里穷，比赛赚的都给家里寄了，剩下的用来买一些训练装备。但我不应该去酒吧，我向您道歉！我偷偷去参加商演也是为了攒钱，老爹，我真的不是为自己，是为了山里的那些上不起学的穷孩子。"

格斗老爹盯着他没说话，但阿龙看见了老爹眼睛里的光。

"我不希望，再有山里的孩子，因为交不起百元左右的学费而辍学。"阿龙低声说着。他想起了自己被迫辍学的经历，心里泛起一阵酸楚。

格斗老爹终于接他的话了："我可以允许你参加商演，等你拿了一个冠军，邀请你的商家会排着队找你，到时候你参加一次商演就可以捐助一所小学。"

说完，格斗老爹转身进入训练场，大声喊："阿龙，戴上拳套。"

阿龙听得心里一阵惊喜："老爹，您不开除我了？"

"废什么话，马上开始训练！"

格斗老爹的话引起全场一片欢呼。

关于命运的重要一课

艰苦枯燥的训练仍然在持续。为了快速提升阿龙的地面技术，格斗老爹亲自为阿龙做陪练。这天，两个人在拳馆练习一项降服技术——木村锁。

已经反复训练了数十次，格斗老爹总是不满意，要求阿龙再次运用木村锁技攻击自己。

阿龙担心全力攻击令格斗老爹受伤，所以一直缩手缩脚，结果被格斗老爹痛骂："阿龙，你这娘们样子上场，不但降服

格斗

不了对手，反而让对手抓住机会反击，你就危险了！"

阿龙在格斗老爹的痛骂下终于施展出全力，两个人在地面的反复纠缠中，阿龙将格斗老爹的右臂别在肩后用力推到几乎反折，格斗老爹的左手终于拍了阿龙的肩。

两个人筋疲力尽地躺在地上半天没动。过了半晌，格斗老爹从地上坐起身，揉着自己的右肩。阿龙有点羞惭地问："老爹，我把您伤着了？"

格斗老爹为了安慰阿龙，咧嘴一笑说："运动场上，哪里有不负伤的？"

阿龙知道自己终于掌握了这项降服技术，心中涌动着对老爹无限的感激之情，他的眼圈红了。

"哭什么？"

格斗老爹眼尖，一句问话让阿龙有点尴尬。

"男人真的没有资格脆弱。今天的你与在大山放牛的你相比，已经是天上地下。你应该高兴才对。"格斗老爹继续鼓励着阿龙。

阿龙从搏击地垫上坐起身，点点头。他感激地看着眼前这个曾经享誉大西南格斗界的传奇人物，感觉眼前的一切非常不真实。眼前这么著名的人物每天不惜自降身价为一个曾经的山里放牛娃做着陪练，太不可思议了。这时阿龙莫名其妙冒出一个奇怪的问题，他问道："老爹，您相信命运吗？"

老爹扭头认真地看着他，脸上浮现出笑容。

"我信，也不信。"

"老爹，您给我讲讲。为什么是信，又不信？"阿龙更加好奇地问。

"阿龙，你和你的伙伴们一直尊敬地称我为老爹，你老爹我今年四十多岁了，我一直在想，怎么做才可以更好地为你们每一个来我这里拼命打拳的人负责。"

阿龙点点头，继续专注地听。

"你刚才的问题很好，世界上有没有命运这个东西？我的回答是：有。"格斗老爹给予了一个非常肯定的回答。

"这个世界公平吗？不公平。不公平对于每一个人，就是他的命运。有一句话说得好，有人一生都在为去往罗马而奋斗，但有的人生下来就在罗马。"

格斗老爹停顿了一下，继续说：

"阿龙，你我都是生活在底层的普通人，我们这些普通人，想战胜命运强加给你的不公平和羞辱，就要坚持不懈地努力，直到打败它，直到你可以把命运强加给你的羞辱，朝着命运的脸上扔回去！阿龙，你的出身决定了你没有其他选择，你必须用你的双手为自己打出未来！"

阿龙想起曾经看过格斗老爹的比赛。当年，格斗老爹武润搏一个人出国打比赛，当时没有助理，没有教练，每次局间休息时，格斗老爹孤零零一个人蹲在笼边，而对手则有助理敷冰按摩，还有教练进行场外指导。结局毫无疑问，格斗老爹输了比赛。但阿龙清晰记得格斗老爹对那场比赛自己表现的评价：

"那场比赛，我是输了，但我仍然让世界看到了中国选手的力量。"

这时，阿龙听见老爹继续说："阿龙，等你到了我这个年纪你就会体会到，格斗其实跟人生非常相似。格斗场上充满了偶然性，格斗是体能、技术、意志力的较量，但最关键是心态。"

格斗老爹对着爱徒，说出了自己用半生时间领悟的格斗精神的核心精髓："首先，你不能比赛还没开始就认输。更不能输了一两次就认为自己不行。在格斗场上，你只有相信自己！"

阿龙听得不禁红了脸，格斗老爹最后总结道：

"永远记住，只要比赛还没结束，你就有机会！"

格斗老爹不知道，他最后这一句貌似平常的话，让阿龙在通往世界金腰带的路上受益无穷。

为了即将到来的世界级对决，古天隽教练开始为阿龙规划强化提升体能的训练课。

每天清晨，古天隽亲自带着阿龙，绕着一座树林荫翳的小山包跑步。

这座山很僻静，一条柏油路绕着山通向山顶。古教练计算过，跑到山顶再跑下来，往返五次正好二十公里。

这天，古教练带着阿龙正在绕山跑，身边驶来一辆敞篷跑车，跑车开得很慢，驾驶位上坐着一位戴着金丝边框茶色镜的年轻时尚女子，她路过时热情地向他们挥手打招呼。

阿龙以为这个美女认错人了，礼貌地向她点了点头，继续跟着古教练跑步。

两个人从山上跑下来，远远地又见到那辆敞篷红色跑车。这一次那个驾车的女子站在车前面，亭亭玉立，风姿绰约。

"阿龙，我看过你的比赛！我还是你的粉丝呢！"远远地，那女子一边晃着手喊，一边对阿龙灿烂地笑。

阿龙躲不开了，知道这女子真是冲自己来的，他扭头看了一眼身边的古教练。古天隽微笑着点头鼓励他，于是阿龙走上前，与那个年轻女子加了微信。

来自美女粉丝的约会邀请

这天训练完，阿龙找到古天隽，支支吾吾地说了半天，古天隽终于明白了，阿龙谈恋爱了。

阿龙恋爱的对象不简单，就是在小山包上遇到的开红色敞篷跑车的女子，她叫林茜茜，毕业于国内名牌大学，父母经商，家境殷实。

这次是林茜茜主动约阿龙出去吃饭，阿龙完全没经验，犹豫之下他找来古天隽出主意。

古天隽先向格斗老爹报告了情况，两个人都非常默契地形成一致意见，鼓励阿龙在不耽误训练的前提下勇敢追爱。

阿龙则对即将到来的约会惴惴不安，古教练看在眼里，干脆直接把阿龙领到一个购物中心，为阿龙挑选了一套西装和一双皮鞋，把阿龙从头到脚捯饬了一番。

为了让阿龙显得文雅一些，古天隽亲自为穿着西装的阿龙挑选了一条男士丝巾戴上。

约会那天，阿龙穿着西装准时赴约，他没想到，他的亮相引得林茜茜捂嘴娇笑。

"谁把你打扮成这样？"林茜茜一边笑一边问。

阿龙被问得颇为不自信，他问道："怎么，不好看吗？"

阿龙没想到，他的这句话打开了林茜茜的话匣子。

"整体穿搭很得体，雅痞风格，我没想到一个格斗运动员可以穿得这么帅！"

林茜茜的夸奖让阿龙分外开心。

"你今天的形象太让我意外了。不过，你的西装有点小，肩部紧了。"

阿龙脸红了，他记得古教练曾经说过，男士西装最好是量身定制，因为来不及订制，就直接为阿龙买了一套。阿龙的肩比较宽，所以显得衣服有点紧。

巧的是，林茜茜在学校学的是服装设计专业，阿龙的着装打开了林茜茜的话匣子，林茜茜开始对着阿龙聊起男女着装及服装设计，一时兴起，滔滔不绝。

"以后，我可以做你的服装顾问。"林茜茜认真地对阿龙说。

那天阿龙本来担心与林茜茜没话聊，没想到他们俩一口气聊了两个小时。林茜茜说她来请客，但阿龙不好意思占女生的便宜，两个人吃到一半的时候借口去卫生间跑去结账，发现一顿饭费用五千元，阿龙被惊得目瞪口呆，这一顿饭是自己当年交不起的学费的五十倍。

餐厅老板看出了阿龙的尴尬，笑着对他说："您不用结账，与您同桌的美女是我们这里的金卡会员，她结账可以打折。"

阿龙在震惊中回到座位。他突然发现自己简直就是一个社会小白，因为自己一直吃住在格斗老爹的俱乐部，从没有机会了解真实的社会，今天的一顿饭彻底颠覆了他的三观。

阿龙暗想，自己打一场比赛，可能伤筋动骨，甚至重伤致残，出场费从三千慢慢涨到五千。今天出了名，才升到五万一场。

阿龙知道更出名的格斗选手，打一场可以获得十万出场费。但一个综合格斗运动员太容易受伤了，如果受伤甚至残疾了，十万能管什么用呢?

再次回到座位上，阿龙吃得有点心不在焉。饭后双方分开后，阿龙犹豫了很久，鼓足勇气给林茜茜发了一条语音消息：

"你我不是一路人，以后你不要找我了。"

他果决地拉黑了林茜茜，然后更加投入地刻苦训练。

体能上来以后，古教练开始为阿龙进行地面技术强化训练，这也是格斗老爹对阿龙的要求。

强化训练的重点是十字固、断头台、足跟勾。

一个月后，古天隽向格斗老爹汇报训练成果："十字固和断头台已经是阿龙掌握得非常熟练的格斗技术。但我认为，足跟勾才是阿龙必须掌握的出奇制胜的技术。我准备专门抽一天训练阿龙掌握这项技术。"

格斗老爹点头说道："非常好，我会全力协助你助力阿龙进步。"

"足跟勾是巴柔中非常凶险的一项控制关节降服术。因为过于凶险，曾经是比赛禁用的格斗术。"

站在训练场，古教练开始为阿龙讲解足跟勾技术。

"足跟勾是通过控制膝关节、髋关节和足跟骨来施加横向力，通过迫使对手的脚踝旋转产生扭力，将扭力传导到膝盖上，可能对对手多个关节和韧带造成伤害，从而迫使对手屈服。这项格斗技术在柔术、桑搏、擒拿摔跤或综合格斗中比较常用，是一项非常凶险的获胜必杀技。"

紧接着，古教练带着阿龙在训练场开始练习，刚刚一个回合，阿龙就深刻领会了这项技术的凶险，这是比著名的十字固更为凶险的降服必杀技，而且隐蔽性极高，容易在对手没有警惕的情况下一举降服对手。

在阿龙初步掌握了这项降服术后，格斗老爹陪阿龙反复演练这项技术，以求做到精通。由于训练强度过大，格斗老爹在陪阿龙练习足跟勾技术时，脚踝不慎受伤。

这天，阿龙训练完与古教练道了别，回宿舍的路上，遇见了慌慌张张跑来的崔勇君。跑得满头大汗的崔勇君对阿龙说道："阿龙，坏了坏了，出大事了！"

阿龙被他说得一头雾水，问道："出了什么大事？"

"老爹出车祸了！"崔勇君的话让阿龙的脑袋发出"嗡"的一声，仿佛在擂台上被对手一拳击中了太阳穴。

很快，阿龙与崔勇君两个人打车到了医院。进入急救室，他们看见格斗老爹躺在病床上，头上缠着纱布，等待医生的救治。润搏俱乐部的几个队员则站在旁边守护。

阿龙问几个徒弟："老爹是怎么受伤的？"

"老爹是为救一个抱孩子的妇女，自己被车撞翻了。"一个徒弟回答了阿龙，同时颇为不满地斜了他一眼。

这时，格斗老爹转脸看着满脸疑惑的阿龙，苦笑着说道："小子，刚才看过片子的医生说，我会好的，但以后不能陪你练了。"

阿龙瞬间明白了，格斗老爹是因为脚踝的伤导致行动不如以前敏捷，从而出了车祸，阿龙的心里不禁五味杂陈。

格斗老爹受伤后，古天隽教练继续陪阿龙训练足跟勾技术。古教练为了让阿龙更深刻地理解这项技术，经常在训练中偷袭阿龙，偷袭后两个人进入实战，古教练要求阿龙用足跟勾技术攻击他。用古教练的话，阿龙要把这项技术融入血液里。

　　这天训练完，在更衣室里，阿龙想起已经住院半个月的格斗老爹，突然心生感触说道："古教练，你在我身边，我就感觉有一种特别安定的力量。"

　　古教练笑着说："是吗？没注意到我有这么大作用。"

　　两个人背起背包向更衣室外走，这时，古教练的背包里掉出一本书，阿龙弯腰帮古天隽捡起来，发现书名是《道德经》。阿龙直率地说道："哈哈，古教练你还看这书？我以为这是老年人才看的书。"

　　古教练摇摇头说道："你错了阿龙。这本书可不是老年人才看的书。"

　　古天隽接过阿龙手里的书，珍惜地掸了掸封面上的灰，然后将书放回自己的背包，接着说道："九年前，也就是我正式转型综合格斗之前，曾经深陷焦虑之中。我知道我的自由搏击之路已经走到头了，因为我永远无法企及同在一个搏击俱乐部的邱建刚的高度，我一度陷入抑郁。最终，我是依靠着中国传统文化走了出来。"

阿龙完全没想到外表阳光乐观的古教练也遇到过坎儿，他认真地听古教练继续分享他的心得。

"阿龙，我相信你早晚会拿起这本书，并从中找到精神力量的源泉。我走出抑郁后发现，无谓的焦虑没有任何意义，很多时候是自寻烦恼。老子最推崇水的智慧，在综合格斗界，很多大神们公认的综合格斗鼻祖李小龙先生，他创建的无限格斗的核心思想就是崇尚无形但无所不在的水的精神，他认为水的智慧可以概括综合格斗理念的所有精髓。"

阿龙被古教练的话迷住了，他恳求古天隽道："古教练，您给我推荐几本书吧，我希望自己在别人面前，除了懂综合格斗，还可以显得更丰富有趣一些。"

古天隽想了一下，说道："最近有一本书比较火，是一个九〇后的人写的——《未来已来》。书的主旨是说未来是一个巨变的时代，无数人将如晨星升起，也有无数人如流星陨落。你必须通过努力，抓住大时代的机遇，成为一个跨越阶层、向上跃迁的人。"

"跨越阶层很重要吗？我不太懂。"阿龙有点天真地问。

"对很多生活在底层的普通人而言，真的很重要。因为，实现了跨越阶层的你，不仅仅可以改变自己的命运，还有机会帮助你周围的人改变命运。"

深夜，走在回宿舍的路上，阿龙仔细回味着古教练说的话，感觉古教练如同一面心灵的镜子，照亮了那个一直拼命向前冲的自己。

决战前夜

决定性的战斗终于要来了。

UFC协调好了时间，并开始在网络上大肆炒作——这是一场引人注目的轻量级世界金腰带挑战赛！中国年轻悍将挑战实力王者的巅峰对决！

国内网络自媒体嗅到了商机，开始大肆炒作阿龙即将参与的金腰带挑战赛。

润搏俱乐部内部的氛围格外凝重紧张，按照格斗老爹的安排，古天隽教练带队组建战术组，亲自挂帅为阿龙分析对手。

"努撒·巴尔塔，UFC轻量级别金腰带拥有者，公认的轻量级世界超强实力王者，人送绰号'电脑战警'。"

古教练一边看着录像，一边为阿龙分析：

"巴尔塔的个人特点是比赛时头脑出奇冷静，技术特点是擅长巴柔，体能无比强大。此人同时擅长站立打击和地面降服技术，打击精准如同电脑，左手重拳具备摧毁性力量，号称'金左手'。他的金左手曾经一拳终结过许多世界名将，具备极其恐怖的杀伤力，堪称完美格斗家。"

古教练接着说："你还有三个月的时间准备比赛，提升技术，储备体能，调整心态。UFC 是五回合比赛制，每回合五分钟，对体能要求非常高。"

就这样，阿龙人生中最重要的一场比赛，突然近在眼前。

在古天隽教练的督导下，阿龙感觉自己成为一台训练机器，每天都处在极限运转状态，心中取胜的欲望也如一头猛兽在旷野上狂奔。

时间飞逝，很快，离大赛仅剩一个半月。就在紧张备战期间，被阿龙拉黑的美女林茜茜再次到润搏搏击俱乐部找到了阿龙。林茜茜被阿龙拉黑后，沉寂了不到两个月，开启了女追男模式。

女追男隔层纱，阿龙与林茜茜的感情迅速升温。

时间飞速来到决战前夕，距离金腰带挑战赛仅剩七天时间。

奇了怪了，倒霉的事接踵而至。

首先是阿龙的精神支柱格斗老爹的脚踝骨康复不好，需要二次手术，再次住院，无法观赛。

临出发前，阿龙的教练古天隽感染了流感发起高烧，嗓子哑了，几乎说不出话。

阿龙得知古教练无法与他同行的当天，他的姐姐打来电话，说母亲心脏不舒服，已安排住院。万幸的是检查后发现母亲的身体还好。

最关键的是，正与阿龙热恋的女友林茜茜突然发飙了，坚决不让阿龙去比赛，阿龙不得已改签了机票。

距离比赛开始仅三天时间，林茜茜彻底与阿龙摊了牌。

为了安慰情绪不稳的林茜茜，阿龙赶到了林茜茜的家，希望在走之前安抚好女友的情绪。

那天，林茜茜明显是做了功课，她对阿龙说的话，每一句都有根有据："阿龙，你的事业太危险了！那个巴柔高手，叫什么努撒·巴尔塔，他在场上扼住了无数强人的咽喉，我看他的视频介绍中说，有一个他的对手被直接打进了医院。"

听了这话，阿龙知道林茜茜是认真的。林茜茜的性格温柔善良，喜欢收留流浪小猫。两个人热恋后，林茜茜越来越反感阿龙参加综合格斗比赛，她感觉这项运动太暴力。

阿龙为了宽慰林茜茜，特意扮出一个鬼脸说："你是不是看了'电脑战警'的比赛害怕了，怕我在场上被他打死？不过你别担心，也许是我打得他屁滚尿流呢。"

　　林茜茜用漂亮的大眼睛盯着阿龙，坚决地说道："反正，我就是不希望你去。为了一条什么金腰带，真的值得吗？"

　　阿龙感觉林茜茜对格斗的理解太肤浅，千言万语涌到嘴边，却无法回答，更无法解释，不得已选择沉默。

　　"求你了，放弃吧！你总是这么忙，总是在训练训练训练，不停地训练。我现在都担心你我订婚后，你都没时间陪我去拍婚纱照。"

　　林茜茜一边抱怨地说着，一边撒娇地挽着阿龙的胳膊。阿龙的心在那一刻被深深地温暖。他情不自禁握住了林茜茜的手，两个人情不自禁地深情相拥。那一刻，阿龙在心中暗暗发誓，一定要好好宠爱这个女人。

　　但是阿龙觉得还是需要把话说清楚。

　　"茜茜，你说的都对。但格斗是我的事业，我不比赛，以后吃什么喝什么，我拿什么养活你？"

　　林茜茜听了这话，笑成了一朵花。

　　"你开直播吧，我知道现在厉害的网红主播一个月赚数十万的都有。本来，我老爸坚决反对你我交往，说你我门不当户不对。但我老爸终于在我的坚持下同意了，他说了，你形象不错，很有观众缘，如果你不打比赛，我老爸准备出资二百万捧红你。"

阿龙思忖了片刻，语气坚决地对林茜茜说："不！不行！"

"这么危险的运动，对于你意味着什么？难道比我还重要？"温柔的林茜茜终于爆发了。

阿龙再木讷，自己心爱的女孩子发脾气，他还是知道要去哄。但是，无论阿龙怎么哄林茜茜，林茜茜就是不开心。她在自己的房间砸了杯子砸电视，砸了电视砸玻璃，然后没完没了地哭泣。

两个人闹得动静太大了，林茜茜的父母进了他们的房间，开始劝开两个人。

林茜茜的母亲把阿龙拉到另一个房间，对他说："阿龙，女孩子都需要哄。过一会儿等茜茜平静了，你再去哄哄她，她是爱你的，也只听你的。"

阿龙答应了林茜茜的母亲。过了半小时，他硬着头皮再次进入林茜茜的房间。

只见林茜茜披头散发，脸色惨白，坐在沙发上。

阿龙坐到林茜茜身边，还没找到合适的说辞，只听林茜茜说："我爸劝了我，我也想明白了。"

"想明白了什么？"阿龙有点忐忑地问。

"我老爸，他觉得你是一个好男人，肯努力，有担当，让我再与你聊聊。"

格

斗

165

"茜茜，都是我不好……"

"你不要敷衍我，我也不要你的甜言蜜语，今天必须把这件事说清楚。"林茜茜打断了阿龙的话。

"说清楚什么？"阿龙有点疑惑。

"你选择吧，你是选择继续格斗，还是选择我？"
林茜茜突然硬邦邦扔出一句话。

阿龙愣在当场。他完全无法理解，他在心里无声地问：为什么？为什么让我这样选择？

林茜茜根本不理他的态度，继续冷冷地逼问：

"你选择吧，选择继续格斗，还是选择我？"她的态度有点咄咄逼人了。

阿龙看着眼前头发蓬乱、脸色苍白、眼神黯淡的林茜茜，第一次觉得她如此陌生。

"格斗是我的生命。"阿龙下意识低声嘟囔了一句。

"你说什么？"林茜茜明显然是听明白了，她的眼神里充满不解，还有愤怒。

"茜茜，真心对不起！"阿龙看着林茜茜的眼睛说出了这句话。他一咬牙，毅然决然地站起身走出房间，不敢回头。

阿龙走到楼下，下起了瓢泼大雨。

走出楼门口的阿龙，突然心痛到无法呼吸，抬头望，那熟悉的窗户里，灯还在亮着。阿龙知道，只要自己肯回去，就有一个家，他期盼已久的小小的温暖的家。

阿龙犹豫了片刻，开始在大雨中奔跑起来，他越跑越快，一口气跑了十几公里跑回宿舍。路上，无情的大雨劈头盖脸地肆虐着他，阿龙感觉自己的脸被狂暴的雨抽打得麻木了。

回到宿舍，阿龙扔掉湿透的衣服，倒在床上昏昏睡去。

蒙眬中，他依稀看见林茜茜款款走来，笑着说："阿龙，我不应该拦着你，你去吧，去打败那个什么战警，回来娶我。"

阿龙感觉自己的心仿佛被一只巨手抓住，揉成了一团，他猛然从床上坐了起来。

他马上查看自己的手机，没有微信，没有电话，阿龙知道昨晚自己肯定是把林茜茜伤透了。因为以前两个人吵架，茜茜经常先向他道歉，她是真心爱着这个靠格斗谋生的男人。

阿龙感觉自己被一阵恐惧攫住全身，阿龙意识到，这一次，他真的会永远失去这个好姑娘了……

当他确定了自己的意识已成为冷冰冰的事实，阿龙狠狠地咬住了被子，把头埋在枕头里，无声地痛哭起来。

第二天，阿龙孤零零一个人出发了。格斗老爹安排的随

格
斗

队医生和翻译兼训练助理误了飞机，导致阿龙一个人千里迢迢赶去参赛。

飞机飞到新加坡樟宜机场转机，阿龙意外丢了护照。

幸运的是，阿龙放护照的卡包被人捡到送还，护照与信用卡都没丢失。但马上要到登机时间了，樟宜机场太大，阿龙有点蒙圈，要是误机麻烦就大了，阿龙不禁满头冒汗。

正在惶惑之际，一个机场服务人员认出了他，用流利的普通话说道："你是不是那个著名的格斗运动员阿龙？"阿龙点点头。这时那个服务人员说："我看过你的比赛，你太棒了！你碰到什么困难了？"

阿龙有点惭愧说："我不知道登机口怎么走。"

机场服务人员看了阿龙的机票，马上叫来一辆电瓶车，把阿龙顺利送到登机口。阿龙进检票口前，那个不知名的服务人员说：

"你要好好打比赛，不光我爱看，我们全家人都喜欢看你的比赛！"

飞行了十几个小时，飞机落地，阿龙顺利到达酒店。

办完入住，阿龙心里踏实了。他感觉最近被压抑得太久，于是戴上拳击手套，跑到酒店外一片小树林，将拳靶挂在树上，对着拳靶一顿猛砸，同时对天怒吼："你还有什么能量，什么手段，放马过来吧！"

反正是用中文骂，当地没人听得懂。阿龙哈哈狂笑着，狠狠一拳砸到了拳靶上，巨大反作用力带来的疼痛感让他猛然清醒。阿龙突然想起格斗老爹的那一句话：你站在场上，是为了战胜自己。

一瞬间，阿龙冷静了下来，他收了拳靶，回到酒店，感觉自己心静如水。

阿龙首先与母亲通了视频电话。母亲用的智能手机，是他用第二次赢比赛后赚的三千元钱买的，现在母亲已经可以熟练使用了。

聊了十几分钟，母亲对阿龙说道："你赢不赢比赛不重要，记得多回家乡看看。"

母亲破天荒发来一段宣传家乡的小视频，阿龙看得十分感动。放下手机，阿龙睡得格外香甜。

决战

称体重、安排新闻发布会、体检，一系列流程走完，两天时间已经过去，万众瞩目的金腰带挑战赛就要开始了。阿龙的随队医生和训练助理也赶到了比赛现场，他们的到来也为阿龙带来一些精神安慰。

八角笼内，决战的双方面对面站立。"电脑战警"巴尔塔人气非常旺，现场有无数的格斗迷为他呐喊助威。阿龙尽量压抑着内心的激动，冷静观察着面前的对手。

巴尔塔的身材明显比阿龙高大，他的臂展很长，表情平静而冷淡，眼神深不可测，有一种任何对手不过泛泛之辈的王者气场。

国内格斗界一直在关注这场比赛。为了表示高度重视，拿到直播权的 B 站特邀搏击名宿柳宝龙和著名格斗主持人郭东负责直播解说。

比赛还没开始，郭东不禁感慨："看'电脑战警'的肌肉组织，他的力量明显要大于阿龙啊。"

万众瞩目的比赛开始了！阿龙分外谨慎，打得不够放松。因为赛前，古天隽曾带着他反复观看过巴尔塔的比赛视频，阿龙对"电脑战警"巴尔塔的技术特点烂熟于心，因此也十分忌惮巴尔塔的重拳。要想战胜这个强大的对手，除了拼实力，的确需要运气。

巴尔塔有着五次金腰带卫冕者的头衔，气势上占有明显优势，他打得很放松，很快进入状态，步步紧逼，前手拳几次点中阿龙。

每当巴尔塔的拳头击中阿龙，场外都传来为巴尔塔助威的呐喊声，八角笼外巨大的呐喊声浪对阿龙也是一种严重的干扰。

第一局开局后仅两分钟，巴尔塔右手一记小幅度摆拳，又冷又脆，当时就击倒了阿龙。

阿龙迅速一骨碌站起身，他感觉自己的头脑很清醒，但开局不久就被击倒对他非常不利。一击得手的巴尔塔显示出王者的气度，他并没有乘胜追击，仍然按自己的节奏控制着比赛，阿龙则在非常被动的招架中结束了第一局。

休息期间，队医和助理在阿龙后脖颈和肩上敷冰块，阿龙瞬间清醒了许多，这时现场巨大的欢呼声浪几乎把场馆的顶棚掀起。如此不利的氛围下，阿龙反而出奇地冷静下来，他突然升起一个坚定的信念：我一定可以打败眼前这个对手！

第二局进行到一分三十秒，阿龙还以颜色，一记前摆拳击倒了"电脑战警"巴尔塔！

负责直播的主持人郭东大呼："不可思议！阿龙太牛了！我的记忆中，这是'电脑战警'在格斗擂台上第一次被人击倒！"

被击倒的巴尔塔一脸恼怒，在国际大赛中，他打比赛从来没这么狼狈过。很快，"电脑战警"稳住阵脚，逐渐掌握场上主动权，第二局结束时，巴尔塔暴怒的眼神一直死死盯住阿龙。

进入第三局比赛后，双方打得更加胶着。

巴尔塔显然被第二局的击倒激怒了，竟然没有用他最擅长的地面绝技，一直在站立中与阿龙拼拳。看来他是想在站立中直接击倒阿龙，一雪被阿龙击倒之耻。

渐渐地，"电脑战警"点数占优，他凶猛而密不透风的拳腿打得阿龙疲于防守。阿龙不得已绕着笼小跑以躲避巴尔塔的凶猛攻势。但在绕笼追击时，巴尔塔大意了，他被阿龙抓住机会反身鞭拳击中耳根，那一记势大力沉的鞭拳打得"电脑战警"巴尔塔有点摇晃。

直播室里，主持人郭东的大喊让所有观看比赛的观众无比振奋："'电脑战警'晃了！"

"他的眼神有点散！'电脑战警'正靠在笼边努力防守。"柳宝龙也情不自禁地赞叹。

阿龙抓住机会凶猛进攻，最后三十秒的组合拳暴风骤雨般砸向"电脑战警"巴尔塔。

本局比赛结束，非常遗憾，阿龙没能再次击倒巴尔塔。柳宝龙感慨："这真是一场争夺世界金腰带的巅峰之战！"

"完美！最后三十秒阿龙把局面彻底转过来了！"主持人郭东欣喜地说，"不管输赢，这都是一场完美的比赛。阿龙太棒了！"

"对。"柳宝龙说道，"能与巴尔塔打成这样，他已经证明了自己，即便最后输了也不遗憾。"

比赛进入第四局，双方打得无比沉闷。两个人较上了劲，硬扛着对方重拳重腿的伤害近身拼拳。阿龙几次被巴尔塔压制在笼边，面对巴尔塔暴风骤雨般的重拳重腿，阿龙异常被动。

第四局终于结束了。

主持人郭东感慨地说道："这比赛看着真揪心！"

"马上就是第五局，对体能是极大的考验啊。"柳宝龙表达了自己的担心。

"阿龙的时差倒过来了吗？我也很担心。"郭东的解说让所有关注这场比赛的国内格斗迷们心里发紧。

决战的第五局开始了，"电脑战警"明显是受到了现场教练组的点拨，一上来就把阿龙拖入地面作战。

局势立转！

巴尔塔太强了！不愧为世界前三的巴柔大师。

"电脑战警"巴尔塔把毕生绝技全用上了：十字固、断

格
斗

头合、裸绞、木村锁、三角锁……阿龙一直处于被动防守中，他一次次从"电脑战警"的绞杀中挣脱，每一次突围都惊心动魄，让所有看直播的综合格斗迷心惊肉跳。

主持人郭东说道："做解说这么多年，第一次看得我手心出汗，太凶险了！"

"我在为他的体能担心，我怎么感觉巴尔塔到了决胜局缓过来了，体能比第一局还好！"柳宝龙开始为阿龙的体能担忧。

"是的！"

"哎哟！倒三角锁，阿龙挣脱了，紧接着是十字固！天呐！"随着主持人郭东的解说，观众们的情绪也情不自禁随着起伏。

"什么时候阿龙的地面技变得这么强了，能逃脱'电脑战警'的绞杀，太难了！"

第五局已经进行到了决定性时刻。

这时郭东有点沮丧地说道："看来，第五局，'电脑战警'明显占优势，巴尔塔的体能太好了！"

"对，阿龙的体能储备明显不足啊。"

"以我多年观看比赛的经验，前四局双方打平，第五局，

'电脑战警'明显占优。关键是剩余的时间已经不够让阿龙扳回来了！"

赛场上，阿龙刚刚逃过巴尔塔施与的断头台，又被拿了后背，两个人同时倒在地上，巴尔塔在尝试从背后对阿龙实施裸绞。

两个人反复在地面争斗，巴尔塔突然翻转身体换了骑乘位，开始尝试压制阿龙，同时对阿龙进行凶狠的砸击。

两个人在地面缠斗，阿龙用膝盖拼命顶住巴尔塔的下腹，巴尔塔没有完全成功过腿。

但巴尔塔的砸击一次比一次凶狠。在砸击的同时，巴尔塔一边反复尝试着过腿。

很多观看直播的观众感觉心脏受不了。

医院里，端着手机全神贯注观看比赛的古天隽教练和格斗老爹的心提到嗓子眼。

只见巴尔塔用右腿膝盖压住阿龙的左腿，再次尝试过腿，拿到骑乘位。阿龙感觉自己的左腿仿佛在被钢锯锯，无比剧烈的疼痛侵袭着阿龙。阿龙奋力用膝盖再次顶开了巴尔塔。

巴尔塔还是没有过腿成功！

"还有一线生机……"主持人郭东感叹。

懂综合格斗的观众都知道，一旦让巴尔塔过了腿拿到标准骑乘位，以巴尔塔全球前三的强大柔术和凶狠的砸击，阿龙必输无疑。

比赛进入无比凶险的最后时刻，距离第五局结束时间仅剩不到五十秒。

巴尔塔还在持续砸击，同时尝试压服阿龙的身体后再次过腿。

第三次没有过腿成功，巴尔塔不再尝试过腿了，他站直身体，以上打下，将整个身体的力量灌注在左胳膊向下砸击。

距离比赛结束时间仅剩三十秒！

医院里，古天隽遗憾地摇头，声音嘶哑地说道："输了！"

格斗老爹看着爱徒被对手暴虐，忍住揪心的难受，有些不甘地说："也许……"

此时距离全场比赛结束时间仅剩二十秒！

阿龙的脸上吃了一记重击，他顿时觉得眼冒金星。

"哎呦——"

对于巴尔塔的这一记重击，两个直播主持人不约而同发出惊叹。

"当年'电脑战警'的金左手这一记砸击，将名将卡特罗格斯直接打退役了。"柳宝龙说道。

"他的拳太重了！"主持人郭东也在摇头感慨。

"'电脑战警'还在持续砸击，他已胜券在握……"郭东继续解说，"场外的巴西教练已经准备庆祝了！"

　　"哎哟！什么情况？出现了大反转——"郭东的声音激动到沙哑！

　　"'电脑战警'拍地了？！"柳宝龙难以置信地问道。

　　"巴沙吾龙赢了——！"郭东的喊声响彻了全网。

　　场上的大反转正是来自阿龙和格斗老爹武润搏反复习练的足跟勾。

　　本来，"电脑战警"巴尔塔一直持续对地攻击，阿龙一直在顽强抵抗，巴尔塔的每次砸击像千钧铁锤，很多世界级名将就这样被他三下五除二解决了。

　　但阿龙以惊人的意志力一直顽强抵抗着。

　　"格斗场上充满了偶然性，格斗是体能、技术、意志力的较量，但最关键的是心态。"

　　格斗老爹的话一直在阿龙耳边萦绕。

　　冷静！冷静！冷静！

　　阿龙在心里默念，一定要冷静，比赛还没有结束……

　　巴尔塔连续砸击了数十拳，就在巴尔塔站直身体想稍微缓口气的一刹那……那一刹那，据后来很多观看那场比赛直播的格斗大咖分析，在那一刻巴尔塔选择站立换气，是他认为结束比赛的铃声该响了。

就在那百分之一秒，也许是千分之一秒。

躺在地上一直顽强抵抗的阿龙，双腿绞住了巴尔塔前探的左脚，他的身体像蟒蛇一样缠住了巴尔塔正在倒下的身体……

"电脑战警"轰然倒地，只见他迅速用手狠劲拍击着地面。

裁判迅速扑到阿龙的身上，示意他停止攻击，所有这些发生在不到两秒的时间里，当裁判向裁判席和观众席挥手示意比赛结束时，结束比赛的铃声刚刚响起。

这是一场注定要被载入史册的比赛！

全中国各大媒体都在传播一条消息：一位中国男子在UFC八角笼赛场夺得全亚洲第一条世界男子轻量级金腰带。

压抑太久的激情如火山喷发，阿龙披着国旗在场内疯狂地转圈奔跑。最后，他敏捷地飞身骑上八角笼壁，对着现场观众挥拳嘶吼。他的脸因为狂喜而略显狰狞，这个画面，永远定格在无数格斗迷的心中。

当记者们围着阿龙时，阿龙正忘情地亲吻着金腰带。

面对采访镜头，阿龙喘着粗气说道："我想把这份荣誉，第一，献给我家乡的父母亲人；第二，献给我的恩师——格斗老爹武润搏。"

阿龙对着镜头笑着问："老爹，你在看比赛吗？"

看着在镜头里灿烂微笑的阿龙，正在全神贯注观看比赛的格斗老爹武润搏和古天隽教练，同时红了眼眶。

家乡的呼唤

获得金腰带后的阿龙，本来希望尽快恢复以前的训练生活。但无数的镁光灯照射着他，无数的记者追逐着他，他感觉自己被巨大虚幻的泡沫淹没了。不得已，阿龙向格斗老爹请假，独自躲回了家乡。他希望给自己一个独立的空间安静一下。

这天，阿龙吃完饭，独自走出村子，爬上山梁，极目向远处的山峰眺望，这时，两个人出现在他身边。阿龙扭头一看，一个是村里新来的村干部，名叫于金田，是一个大学生，为了支援乡村建设，自愿来到村里；另一个则是老村主任。只听老村主任笑着跟阿龙说道："阿龙，知道今天我和小于为什么来找你吗？"阿龙不明所以地摇摇头。于金田接过话说道："大屏乡政府研究决定，想请你为家乡代言，为乡村振兴服务，这是一个长期的工程，我们需要你。"

阿龙一听，非常兴奋，这是他梦寐以求的事。但他还是希望了解得更清楚一些："村主任，为什么选我代言？"

"我们有一句宣传口号：用双手改变自己的命运！乡里希望寻找年轻人代言，我们觉得在场上勇敢拼搏的你特别合适。"

阿龙眼睛放光了，他的回答只有三个字："我愿意！"

阿龙的格斗之路仍然在继续，他经常飞到全国各地参加比赛，也经常参加国际大赛，他的成绩越来越引人瞩目，成为无数人崇拜的格斗巨星。成为名人后，他收到许多著名综合格斗赛事组织如 ONE、昆仑决、勇士的荣耀等发出的邀请，请他出席颁奖典礼，请他做评委，各种荣誉纷至沓来。

有时候，阿龙坐在飞驰着的接送车里，看着大街上一闪而过的自己的大幅宣传广告，偶尔感觉这个世界竟然是如此虚幻，因为仅仅九年前，他还是大山里一个因为交不起百元学费而想着辍学的放牛娃。

而赛场上，阿龙平静如水的样子，则令无数对手胆战心惊。

一个失败的挑战者接受采访时说："我丝毫觉察不到他的任何情绪波动，他的状态就是，怎么描述，他似乎没有在跟我比赛，他太冷静了！我很快就崩溃了。"

"自从战胜了'电脑战警'巴尔塔夺得金腰带，巴沙吾龙成为深不可测的王者。"这是很多媒体的报道。

每次比赛后，阿龙更喜欢回到自己的家乡，静静地待在山里，看着村里的小孩子在山下的田野里嬉戏奔跑，阿龙喜欢望着那些奔跑的孩子，静静地思考。孩子们的欢笑声，带给他神奇而特殊的疗愈力量。他知道这些奔跑的孩子，有的家里很穷，像当年交不起学费的他，但有一颗改变命运的心。

阿龙希望在他们中，找到另一个自己。